集英社オレンジ文庫

映画ノベライズ

おとななじみ

泉　サリ
原作／中原アヤ　脚本／吉田恵里香

本書は、映画「おとななじみ」の脚本（吉田恵里香）に基づき、書き下ろされています。

Contents

映画ノベライズ

おとななじみ

Otona-Najimi

泉サリ

原作 中原アヤ　脚本 吉田恵里香

ep.1

楓《かえで》は、ハルとの出会いを今でもよく覚えている。

あの日は引っ越しの翌日で、何をするにも心細くて仕方なかった。

知らないおうち。知らない人たち。仲が良かったお友達は、もうそばにはいない。

――ここはどこなの？　前のおうちはどうしたの？

どうしようもなく不安で、隣の家へ挨拶《あいさつ》に行く時も、楓は母親の服の袖《そで》をぎゅっとつかんで、その背中に隠れたままでいた。

「隣に引っ越してきました加賀屋《かがや》です」

「青山《あおやま》ですぅ。娘さんおいくつ？」

「四歳です」

母親が言うと、つかんだ服の袖が軽く揺れる。

――ねえお母さん、早く帰ろうよ。

そう伝えようとして、楓はちょっとだけ手に力を込めた。初めて来る場所は、たとえ母親が一緒でも緊張してしまう。

「四歳ならうちと一緒。ハル、『こんにちは』は？」

「ちはっ！」

元気のいい声が聞こえた。

楓がびっくりして顔を上げると、いつの間にか、知らない男の子が目の前に立っている。しましまのトレーナーの上に、少しサイズが大きい青のパーカーを着ていた。ニコッと人懐っこい笑顔を浮かべて、楓のことをじっと見つめている。

「ほら、楓もご挨拶」

母親にそう言われたけれど、楓はもじもじして、つい下を向いてしまった。知らない子とお喋《しゃべ》りをすることは苦手だった。

「ハルくん、ごめんねー。この子、楓っていうの。ママっ子の人見知りで」

「ひとみしりってなに？　しりだすの？」

さっきの男の子――ハルが尋ねた。

……何言ってるの、この子？

ぽかんとした楓は、おそるおそる顔を出し、ちょっとだけ様子を見てみることにした。

「しり!?」

ハルが大きな声で言った。何のつもりか、今度はこちらに背中を向けて立っている。びっくりしている楓をよそに、お尻を振って一人で歌って踊り始めた。

「ひとーみしーりしり、ひとみしり♪」

「こら、ハル！」

「おしーりしりしり、ひとみしり♪　ハイッ！」

叱《しか》られるのも構わず、ハルは歌って踊り続ける。ぱっと振り向いたかと思うと、キラキラした目で楓を見つめた。一緒にどう？　と呼びかけているみたいだ。

「……おしりしり、ひとみしり？」

楽しそうな様子につられて、楓も小さな声で歌ってみた。

「ひとーみしりしり、ひとみしり♪」

ハルが嬉しそうに繰り返す。楓の心はどんどん軽くなっていった。見よう見まねで手足を動かし、へんてこなダンスを踊り始める。

「おしーりしりしり、ひとみしり♪」

二人の声がそろうと、母親たちも声を上げて笑った。

ダンスの途中で、楓はふと顔を上げた。

ハルと目が合った。

「げんきでた？　よろしく、おとなりさん！」

そう言って、手を差し出してくる。勇気を出して握ってみると、ぎゅっと握り返してくれた。

ep.2

加賀屋《かがや》楓《かえで》と青山《あおやま》春《ハル》の関係を説明するなら、「幼馴染《おさななじみ》」という言葉がぴったりだ。だって、二人はず――っと一緒だから。

幼稚園の時も、小学校の時も、中学校の時も、高校の時も、大学の時も。雨にも負けず風にも負けず、病める時も健《すこ》やかなる時も。

「おはよ！」

と毎朝、楓は必ずハルに挨拶してきた。返ってくるのは「おう」とか「よっ」とか。嬉しそうだったり不愛想だったり、ハルの様子はその時によって色々だ。

実家が隣で親たちも仲が良く、理由があるから一緒にいるというよりも、むしろ離れている理由がなかった。就職をきっかけに家を出たハルが心配で、楓も一緒に都会へ来た。今や、二人は二十四歳。同じアパートの隣同士の部屋に住み、日々慌ただしく生活している。

ショルダーバッグを肩にかけた楓は、鏡の前でくしを使って前髪を整えた。

「お母さん、いってきます！」

棚《たな》の上の写真立てに向かって声をかける。小さな花瓶《かびん》に生けた花は、昨日新しくしたばかりだ。写真の中の母親は、元気だった頃と変わらない笑顔で楓を見送ってくれる。

玄関のドアを開けた楓は「おはよ！」と言おうとして、ハルの姿が見えないことに気づいた。

――オッケー、今日も寝坊のパターンね。

心の中で呟《つぶや》き、鞄《かばん》から合鍵《あいかぎ》を取り出す。ドアチェーンはいつもかかっていない。鍵を開け、中へ入っていった。

ハルの部屋はいつも散らかり放題で、パッと見ただけでは、どこに何があるのかさっぱりわからない。食べかけのお菓子の袋とサッカーボールを同じ場所に放置しておくなんて、綺麗《きれい》好きの楓には考えられないことだ。

ベッドの上に目を向けると、そこには案《あん》の定《じょう》、おなかを出して幸せそうに眠っているハルがいた。呑気《のんき》だなーと苦笑して、楓はひとまず、床に落ちた靴下《くつした》やトレーナーを拾い集める。

――ハルったら、どうして脱いだものを洗濯機《せんたくき》に入れずに放置するの？　まったく、私がいないとなーんにもできないんだから……。

服の回収を終えてから、楓はベッドに近づいてハルの寝顔を眺めた。楽しい夢でも見ているのか、ハルは「うふふ、へへ」と時々、小さな笑い声を上げている。ぴょこぴょこと寝癖《ねぐせ》がついてしまう柔らかい質の髪は、昔から変わっていない。

楓は耳元に口を寄せて叫んだ。

「ハル、起きて」

一回目は必ず無反応だ。

「ハル！　起きて！」

んんー、と眠たげに伸びをして、ハルが薄目を開けた。

「うーん……母ちゃん……あと十分……」

そう言って、布団にくるまってしまう。楓はベッドの脇から立ち上がった。

出会って、早くも二十年。

私はハルのお隣さんの幼馴染から、ハルのオカンになった――――。

「って、誰がオカンじゃ！」

我ながらキレのいいセルフ突っ込みを入れつつ、楓は勢いよく布団を剝《は》いだ。まるでギヤグマンガみたいに、ハルはゴロゴロと綺麗に床に転がり落ちる。

「ハルってば、寝ぼけるのもいい加減にして！」

「痛えっ！」

起き上がったハルは、涙目になって楓を見上げた。その表情は、まさしく母親に叩き起こされた小学生男児そのものだ。

「あんたみたいな息子を産んだ覚えはありません！」

「ふわ〜ぁ……でも、だって、家政婦はこんなに口うるさくねぇからさぁ。やっぱ、強いて言うなら母ちゃんかなって……」

ハルは大あくびをしながら言う。

楓は呆《あき》れて肩の力を抜いた。「ほらほら、目、覚まして！」と声をかけつつ、てきぱきと部屋を片付け始める。

「今日、燃えるゴミでしょ！　これとか捨てていいの？」

雑誌を示して尋ねるも、ハルは「ん〜、ええ……」とちゃんと返事をしてくれない。のろのろとベッドに戻り、まだ眠そうに目をこすっている。

「次からは自分で掃除《そうじ》しなよ……」

ため息をついて、楓は作業を続けた。

――毎朝起こしに来て、掃除も洗濯もして、その上、お説教までしちゃって。ちょっとむかつくけど、これじゃあ確かにハルが言っているみたいに、幼馴染よりも家政婦、家政婦よりも母ちゃんに近い。

実家を出る時に、ずいぶん思い切ったことをしたつもりだった。同じアパートの隣の部屋を借りるなんてこと、すっごく仲のいい人が相手じゃなきゃできない。それに加えて、家事までやってあげるなんてこと、好きな人が相手じゃなきゃまずできない！

《私はハルのことが好きなんだよ！》

声には出さなくても、ずっと、ずっと、ず――っとアピールしてきた。そろそろ気づいてくれないかな、と最近はいつも思っている。なのに……。

背後で、がさごそとハルが動き回る音がした。

――着替えを探してるのかな。

顔を上げて振り返った楓は、次の瞬間、慌てて目をそらした。

「って、えええええ、ちょっと、ちょっとちょっと!?」

「んあ?」

ハルはパンツ一丁になっていた。そして、今まさに最後の一枚を脱ぎ捨てようとしている。

「『んあ?』じゃない！　なんで脱いでんの？　私いるんだけど!?」

「シャワーだよ！　別にいいだろ？　ガキの頃、お尻の穴まで見せ合った仲だろ？」

「見せ合った記憶はないワッ！」

赤くなった顔を見られたくなくて、楓は両手で顔を隠した。ハルが近づいてきたから、くるりと背を向ける。

「も……、もう知らない！　二度と起こしに来ないからね！」

「毎朝そう言うけど、結局いっつも来てんじゃん」

顔から手をどけて振り返ると、目の前ではハルがにやにや笑っていた。

「ンヴァッ!?」

「え？　なに楓、ゴリラの真似《まね》？」

「声にならない怒りだってば！」

――こんなはずじゃないのに。こんなつもりで、ずっと一緒にいるんじゃないのに！

「もう一回やって！　もう一回もう一回、お願い、お願い！」

録画するつもりか、ハルがスマホを構えた。カメラのレンズをこちらに向けてくる。

「やらない！　いいから支度《したく》してよ、バカ！」

アンコールに応じることなく、楓は玄関に引き返そうとした。

――こんなに長い間そばにいるのに、どうしてうまくいかないの？　ああ天国のお母さん、ハルは今日も元気にバカやろうです……。

「……ん？　楓」

爪先《つまさき》の向きを変えかけたまさにその瞬間、ハルがスマホのレンズ越しに眉《まゆ》をひそめた。そのまま、じりじりと近づいてくる。

「もしかして……前髪切った？　めっちゃいい感じじゃん」

二十年前と変わらない顔で、ニコッと笑いかけてきた。楓は一瞬、キュンとして我を忘れる。

――部屋は汚いし、オカン扱いしてくるし、寝坊の常習犯だけど、小さなことには必ず気づいてくれる。だから私は、昔からハルのことが――。

……って、違う違う！　伝えるタイミング、絶対に今じゃないって！

ハッと我に返った楓は、持っていた雑誌をハルに押し付けた。

「……急がないと、ほんとに会社クビになっちゃうよ？」

「お、ちょ……あのさ楓、俺」

何か言いかけたハルを遮《さえぎ》り、バタンとドアを閉めて外に出た。

――あーあ、ハルの天然たらし！　宇宙一の大バカやろう！

頭の中で繰り返しながら、歩いて仕事へ向かう。

○

楓の職場は、駅の近くにあるお弁当屋さんだ。出勤後にまず済ませるのは、着替え・手洗い・うがい・消毒。その後は、唐揚げ用の鶏肉をカットしていく。

包丁を振りかざし、楓はバンッとまな板に肉を打ち付けた。エプロンとマスクを着用しているが、目はギラギラと光り、息は荒い。もし厨房《ちゅうぼう》にいなかったら、シリアルキラーと間違われていたかもしれない。

「反則でしょぉ!?　あのタイミングで前髪は！」

「おおう、荒れてるねー加賀屋《かがや》さん」

穏やかな声でそう言ったのは、同じ店でマネージャーをしている目黒智弘《めぐろともひろ》だ。ゆったりとした話し方が印象的で、パートのスタッフの間でもひそかに人気がある人物だった。まさか独り言を聞かれていると思っていなかった楓は、どきっとして首をすくめる。

「マ、マネージャー。……おはようございます」

「おはよ。何、なんかあった？」

「またハルくんのことでしょ？」

他の店員にすかさず口をはさまれた。

「そうですけど、何か!?」

図星を指《さ》されたことが恥ずかしくて、楓はまた包丁を勢いよくまな板に打ち付ける。

「怖いって!」そう茶化された。いつも通りのやり取りだ。

「あのさ、加賀屋さん」

「何ですか?」

「……俺でよければ、話聞くけど?」

目黒は優しげな微笑《ほほえ》みを浮かべている。

「いいんですか!?」

誰かに聞いてほしくてたまらなかった楓は、包丁を片手に持ったまま目を輝かせた。

雑談中も、仕事の手を休めるわけにはいかない。カットし終えた鶏肉に衣《ころも》を付けながら、楓は話し始める。

「いつかは変わると思ってたんですよ! ハルと私の関係。ハルの私への気持ちが! 小さい頃からアピールし続けてるんでっ!」

鶏肉を手に持ったまま言うと、粉が飛んで目黒にかかった。

「おっと」

「あ、すみません」

「いいよいいよ。それで？」

「ハルが好きなバンドの曲は全部ダウンロードするし、バレンタインと誕プレは毎回あげてたし。実家出るって聞いて同じアパートの隣に引っ越したり、ハルのお母さんから、『息子をよろしくね～』って部屋の合鍵《あいかぎ》もらって、通い妻やってみたり！」

「ははは、凄《すご》いね」

目黒は厨房の壁に背中を預けて笑った。

衣を付け終えた鶏肉を、楓はフライヤーへ投入した。熱い油の中で、細かい泡《あわ》を立てながら鶏肉はキューキューと音を立てる。からっと揚がったら、次はお弁当に詰めていく。詰め終わったら、次は店頭に並べる。もう何百回と繰り返している作業だ。今さら間違えることもない。

就職したての頃はよかった。仕事を覚えるだけで精いっぱいで、とてもじゃないけれど、勤務中はハルのことを考える暇なんてなかった。でもしばらく経つとすっかり調理にも慣れて、そのぶん話したり、考え事をしたりする余裕ができてしまった。今だって、唐揚げ弁当を並べつつ、目黒に話しながら、頭の中はハルのことでいっぱいだ。

バカなハル。子どもっぽいハル。とんでもなくガサツで、デリカシーがなくて、でも何かあったらすぐに駆け付けてくれるハル。子どもや動物に懐かれやすくて、単純な性格だけど、正義感だけは人一倍強いハル。

考えれば考えるほど、ダメな部分も愛《いと》おしく思えてくる。

「……でも、いつまで経ってもあいつにとって私はただの幼馴染《おさななじみ》、ていうかオカンで」

すべてのお弁当を並べ終えて、楓は口元からマスクを外した。息をするのが少しだけ楽になったけれど、心の中を漂うもやは晴れない。

「これから先もずっとこんな感じだとしたら……私の人生、これでいいのかなとか思って」

「よくないでしょ」

「へ？」

聞き間違いかと思って顔を向けると、目黒の真剣な瞳がまっすぐにこちらを見つめていた。言葉を返す間もなく、距離を詰められる。

——近い近い近い、ちょっと近いって。

うろたえた楓は、さっきまで一緒に陳列作業をしていたはずの他の店員を探した。フライヤーの後片付けをしに厨房へいってしまったのか、姿が見えない。

そうこうしているうちに、目黒にそっと手を握られた。

「そんな幼馴染、やめちゃえば？」

「えっ……」

甘い視線を向けられた楓は戸惑いながら、握られた自分の手を、ただただ見下ろしていた。

○

――ハル一筋の私でも、これくらいはわかる。いや、正直言ってすぐにはわからなかったけど、今は多分わかってる！

デートに誘われたかもしれない。

「『金曜日の夜とかって、時間ある？　食事でもどうかな？』とかなんとか言われちゃって！　ねぇどうしたらいい？　オッケーしてみるべき？　これって、神様がハルを忘れろって言ってるのかな!?」

その日の夜、楓は行きつけのカフェで昼間の目黒の様子を熱演していた。

説明を終えて顔を上げてみれば、幼馴染の蓮《はす》見《み》伊《い》織《おり》はクールな表情でコーヒーカップを傾けている。さらさらした黒髪と、奥二重《おくぶたえ》のまぶたが相変わらず涼しげだった。

その隣で退屈そうにしているのは、同じく幼馴染の小戸森美桜《こともりみお》だ。今日はインナーカラーとネイルを鮮やかなブルーで統一し、片耳にシルバーのイヤーカフを光らせている。

美桜はガムシロップの小さな容器を大量に集め、テーブルの上に器用にピラミッドを作り上げていた。ちょっとでも突っつけば土台から一気に崩れてしまいそうな、絶妙なバランスを保っている。

「え、すご」

ピラミッドの造形美に思わず目を奪われた楓は、しかしすぐに我に返り「じゃなくて、人の話聞いてる!?」と尋ねた。

「聞いてる聞いてる」

美桜は面倒くさそうにひらひらと手を振って答える。

「かれこれ二十年ずーっと、あんたのこういう話聞いてる」

「同じく」

そう言って歩み寄ってきたのは、このカフェの店主である蝶子《ちょうこ》さんだ。今日も頭に巻いた派手な柄《がら》のバンダナが似合っていた。

「ここ四、五年の付き合いかな。楓ちゃん、ハルがハルがって、同じ話ばっかりしてるやんかいさ」

「え……」

「青春なんかあっという間やで」

蝶子さんは大真面目《おおまじめ》な顔で言う。常連のおばあちゃんであるトメさんも、奥のカウンター席で同意を示して頷《うなず》いた。

「私はいいと思うけどねー？　デート行ってみるの」

新たなガムシロップを積み上げながら、美桜は軽い調子で言う。

「え、そう思う!?」

楓は思わずテーブルから身を乗り出した。強い視線に気圧《けお》されることなく「うん」と美桜は言葉を続ける。

「ハルよりいい男なんてさ、世の中にゴマンといるんだから。ねぇ、蝶子さん？」

「間違いない。だってあの子、最近まで『冠婚葬祭』のこと、どっかの偉いさんやと思っててんて～！」

蝶子さんの言葉を聞いた瞬間、このカフェでクリームソーダを飲みながらそう口にするハルの姿が、楓の頭にありありと浮かんだ。

「え、だって総裁って、偉い人の役職のことだろ？」

ブーッ、残念！

×葬祭
○総裁

「……んぇ？　どこが間違ってんの？」


「むっちゃ可愛《かわい》らしい子なんやけどな。残念やわ……」

「いやいやいや、バカすぎて引くわ」

蝶子さんと美桜の声で、楓は現実に引き戻された。

「てかさー。幼稚園の頃から言ってるけど、あんなバカのどこがいいわけ？」

美桜の男勝《おとこまさ》りの口調は、知り合った頃から変わらない。改まって尋ねられ、楓は言葉に詰まった。

「んんん、そんなの口で言えたら苦労しないし……」

考えながら、肩で息をつく。

このカフェに来る客のほとんどは、ハルの人となりをよく知っている。しょっちゅう「ちーっす！」と元気よく挨拶《あいさつ》をしてやってきては、竜巻のごとくその場をめちゃくちゃに荒らしていくからだ。

この間など「蝶子さん、タコいらねぇ?」と、生きたままのタコをわしづかみにしてやってきた。本人いわく「魚屋のおっちゃんと喋《しゃべ》ってたら勝手に懐いてきて、そしたらおっちゃんがくれた」らしい。

タコが人間に懐くなんて話、見たこともないし、もちろん聞いたこともない。けれど、ハルならありえるかもしれないと思ってしまうのも事実だった。結局、生きたタコは蝶子さんの手によってシーフードカレーの具材になったが、店内をしばしのパニックに陥《おとしい》れるには充分だった。

そんなハルのどこが好きなのかと訊かれても、簡単に答えられるわけがない。見ている分には面白いし、顔もかっこいいけれど、トラブルメーカーなその性格を知っていたら、恋愛対象として見ることができる人はあまりいないはずだ。

楓はテーブルの上で頭を抱える。そのはずみで、美桜が作っていたガムシロップのピラミッドが崩れた。

「うわ、ごめん!?」

「あ〜あ〜」

慌てて二人でガムシロップを拾い集める。

ラメ入りのマスカラを塗った美桜の睫《まつ》毛《げ》が、瞬きのたびにきらめいていた。楓がその輝きに見とれ、ガムシロップのことをつい忘れていると、長い指が横からひょいと伸びてくる。気づけば伊織も椅子《いす》から下りてしゃがみ込み、回収を手伝ってくれていた。

「ありがとう」

楓が呟《つぶや》くと、伊織は「いいから」とでも言うかのように軽く首を横に振る。

拾い終わってから、三人は再び椅子に腰を下ろした。

「てか伊織、さっきから黙ってっけど。どうした?」

美桜が口をとがらせて尋ねた。

「……伊織も、私の話にうんざりしちゃった?」

楓がうなだれると、「いや」と伊織は淡々とした口調で答える。

「……楓はさ、本気でハルのこと吹っ切ろうと思ってるの?」

楓はぎくっとして固まった。

――まただ。さっきの美桜に引き続き、また、うまく答えられない質問。

少し迷ってから「……多分?」と言葉を濁《にご》した。

「即答できないうちは、無理しない方がいいと思うよ」

伊織に言われてハッとする。

「……そうだよね、無理はよくないよね」

初めて恋愛のチャンスが巡ってきて、嬉しかったのは本当のことだ。でもハルへの気持ちを忘れることはできないから、どうすればいいのかわからなかった。だから二人に相談したかったのだ。

――伊織はいつも私のほしい言葉をくれるし、そっと答えへ導いてくれる。昔からどうしようもない私とハルの話を聞いてくれて、私の味方になってくれる。

「おい余計なこと言うなよー、せっかく楓がやる気になってんのに」

美桜に咎《とが》められても、伊織は気にしていない様子だ。すっと視線を動かして、今度は壁のフックにかけられているビニール袋に目を向けた。

「その唐揚げもさ、ハルに持ってってあげるんでしょ。無理をしてでも吹っ切れるなら、とっくにそうしてるだろうし。自分が後悔《こうかい》しないようにね」

楓は深く頷く。相談してよかった、と心の底から思った。

「も～、伊織ってめっちゃ大人！　人間何回目？」

気を取り直して明るい口調で言うと、伊織は謙遜《けんそん》するように小さく首を傾《かし》げる。

「そうだよね……もう一回考えてみる」

唐揚げが入ったビニール袋を見上げ、楓は自分に言い聞かせるように呟いた。

カフェを後にした楓は、自分の家のドアに鍵《かぎ》を差し込んだ。

◯

「かーえーで」

少し離れたところから声がする。

返事をする間もなく「ほいっ！」と、廊下《ろうか》の明かりの下を横切って何かが飛んできた。反射的にキャッチすると、ふにゃっとした手触りを感じる。ＵＦＯキャッチャーの景品によくあるようなぬいぐるみだった。茶色いクマが、派手なピンク色をしたウサギの着ぐるみを着ている。

「え、キモ！　……可愛い」

「やる。こういうの好きだろ？」

顔を上げると、隣のドアの前に、両手をポケットに突っ込んだハルが立っている。

「……ありがと」

楓はぬいぐるみを抱きしめた。

だらしなくてダメダメな人だと知っているのに、今はなぜか、ちゃんとした大人に見えるから不思議だった。夜になると好きな人が五割増しでかっこよく見えるって本当なんだなと、楓はぬいぐるみ越しにハルを見て思う。美桜と伊織に言われたことが、ふと頭の中に蘇《よみがえ》った。

『あんなバカのどこがいいわけ?』

『自分が後悔しないようにね』

わかってる。全部わかってる。考えてどうにかなるもんじゃないのが恋愛だってことくらい、楓もよく理解している。

――それでも、この人のことが好きだ。ぬいぐるみ一つでドキドキしてどうしようもなくなるくらい、ハルのことが大好き。

黙って向かい合っているのが恥ずかしくて、どうにかさりげない話題を探した。

「……あれ、ハル早くない? 今日、休み?」

会社勤めのハルは、普段なら帰ってくるのは二十二時を過ぎるはずだ。

「あ~……。俺、今日から無職」

そうなんだ、と流しかけた楓は、待てよと眉《まゆ》をひそめた。

「……え?」

――無職、とは?

「会社、クビになってさ」

ハルは頭を掻《か》きながら付け足す。

「ええ!?」

「ぼちぼち転職活動もするけど……。でもまぁ一回、地元帰ってもいいかもな！」

あっけらかんと言い切ったハルの前で、楓は硬直した。

クビ。

――私の好きな人が、バカやろうどころか、とうとう職なしに……。

全然ちゃんとしてなかった。どこにいても、何をしていても、ハルはハルのままだ。だらしなくてダメダメなままだった！

「え？　これ、これ、唐揚げ？　俺に？」

呆然《ぼうぜん》としている楓に構わず、ハルは呑気《のんき》な様子でビニール袋を指さした。

「やったぁ〜、マジで助かるわ。楓の唐揚げ激うまだもんな〜」

そう言って、呆然と立ち尽くしている楓の手から、いそいそと袋を奪い取ろうとする。

「楓もさ、俺が近くにいない方が男できるかもだし？　あれらしいぞ、待ってちゃダメらしいぞ！　ほら、よく言うだろ？　当たって挫《くじ》けろ、ってな！」

元気いっぱいのピカピカな笑顔を向けられ、楓はへなへなと崩れ落ちそうになるのを堪える。私の気持ち、一ミリも届いてないじゃん……。

「『くだけろ』でしょうが！　挫けてど〜すんの、アホ!!」

袋を持ったまま、くるりと背を向けて部屋に入る。ドアが閉まる直前、「俺の唐揚げ……」と、廊下から悲しそうなハルの声が聞こえた。

楓は玄関で靴《くつ》を脱ぐ。もらったばかりのぬいぐるみをベッドに放り投げた。

——もう知らない！　ハルったら、どうして会社をクビになるの？　会社も会社で、どうしてハルをクビにするの？

「あんな鈍い奴に、唐揚げなんてあげないんだから！　『当たって挫けろ』って、こちとらあんたに何度も当たってくだけて挫けてるワッ！」

そもそも、楓がお弁当屋さんに就職したのはハルのためだ。このアパートに住んでいるのだって、ハルが隣にいるからだ。仕事も、生活も、何もかも、楓にとってはすべてがハルありきだった。「ハルが好きだから」という、その理由だけで、今日まで色々なことをやってきた。

高校生の頃、楓はサッカー部のマネージャーをしていた。その時、部員によく差し入れしていたのが、今の勤め先の看板メニューでもある唐揚げ弁当だ。チームのキャプテンだったハルは、特にそれを気に入っていた。いつも練習が一区切りつくと、ユニフォームを着た肩にスポーツタオルをかけ、ほっぺたに米粒をくっつけて、弁当をわしわしとかき込んでいた。

楓は、ハルが美味《おい》しそうにご飯を食べているところを見るのが好きだった。練習中はチームのみんなを頼もしく引っ張っているハルが、小さな男の子みたいに、唐揚げを口いっぱいに頬張《ほおば》っている姿が可愛くて仕方なかった。その顔を見続けたかったから、今の仕事を選んだと言ってもいいくらいだ。

ハルがいなかったら、仕事をする意味がない。

じゃあもしかして、ハルがいなかったら、生きている意味だってない……？

——それって。

「……私の方が、ヤバくない？」

自覚した途端、長い眠りから覚めた気分になった。我に返って見下ろせば、両手に齧《かじ》りかけの唐揚げを持っている。この独得な食べ方も、いつしかハルからうつったものだった。指も口も油でベタベタで、みじめになってふっと足の力が抜け、どさっとベッドに倒れこむ。

——こんな自分、変えたい。誰かに愛されたい。

……誰かじゃなくて、できればハルに。

自分の気持ちを認めた途端、声を上げて泣いてしまいそうになった。

「ハルは昔から大バカだけど、私だってバカやろうじゃん……」

こぼれそうな涙をぐっと押し込め、ひとまず唐揚げを食べ続けた。

ep.3

その日の夜は偶然お客さんが少なく、楓《かえで》はいつになくぼんやりしていた。考えているのは、もちろんハルのことだ。

「幼馴染《おさななじみ》じゃなかったら、何か違ったのかな……」

近くに人がいないのをいいことに、こっそりと独り言を呟《つぶや》く。もう今日は早くレジを閉めて上がりたかった。レジの脇に並んだ唐揚げ弁当を見るたびにハルのことを考えてしまうから、こういう時にこの職場は困る。

——あんなバカを相手に空回《からまわ》りするの、もう疲れちゃった。いくら頑張っても全然ダメ。だってそもそも、あいつにとって私はただのオカンなんだし……。

「加賀屋《かがや》さん」

背後から近づいてきた目黒《めぐろ》に、声をかけられた。

「金曜、すっごい美味しい店予約したから」

「え」

楓はとっさに振り返る。

「でも、私まだ……」

――行くって、返事してないのに。

聞こえないふりをしているのか、それとも本当に聞こえていないのか、目黒はそれ以上何も言わずに他の店員のところへ行ってしまった。楓はあっけにとられる。

――これって、普通のことなの？　恋愛経験がないからよくわからない。

何かと優しくしてもらえるのは、ありがたいし嬉しい。でも、このまま流されてもいいのか考えると、やっぱりちょっとモヤモヤしてしまう。

閉店後、店じまいの作業を終えた楓は憂鬱《ゆううつ》になって空を見上げた。濃紺《のうこん》色をした分厚い雲が、ガラス戸の外に漂っている。降り始めたら、靴に水がしみて大変なことになりそうだ。早く帰ろうとため息をついて、帰り支度《じたく》を始めた。

「あれ、楓ちゃん帰り？」

目黒に声をかけられる。

――ん、名前呼び？

さっきまでは確か、「加賀屋さん」と呼ばれていたはずだ。楓は頬をぴくりと引きつらせたけれど、すぐに気を取り直して「はい」と頷《うなず》いた。

「マネージャー、外見ました？　なんか雨降りそうですね～」

「だね……」

目黒は眉尻《まゆじり》を下げてくしゃっと笑った。長靴もレインコートも身につけていない楓のことを、心配そうに眺めている。

「良かったら送ってくよ」

「え、大丈夫ですよ。傘ありますし」

「いいからいいから！」

「本当に。ほら、あるんで！」

「いや。楓ちゃん、女の子なんだから。送ってもらった方がいい」

きっぱりと言われ、楓は曖昧《あいまい》に笑い返した。目黒の優しそうながら有無を言わせない物言いが、なんだか今日はちょっと怖い。気のせいかもしれないけれど、ただの親切心ではない予感がした。

――どうしよう。断った方がいいのかな。でも職場の人だし、今後の関係がぎくしゃくしないためにも、ここは甘えておくべき？

楓は迷ったけれど、結局、断り切れないまま目黒と二人で外に出てしまった。空は分厚い雨雲に覆《おお》われ、草木がざわざわと音を立てている。

「じゃあ、行こうか」

駐車場に向かって歩き始める。強い風が吹くと雨の匂《にお》いがして、楓は息をつめた。そろそろ降り始めるかもしれない。

——こういうのが、大人の恋なのかな。レストランを予約してくれて、車で送ってくれて、至れり尽くせりで。

「楓ちゃん、そこ段差あるよ」

ふいに肩を抱き寄せられた。

楓は皮膚《ひふ》がぞわっと粟立《あわだ》つのを感じた。その瞬間、食事に誘われた時のわずかな高揚《こうよう》も、親切な行動への感謝も、すべて吹き飛んでしまった。

——違う。私、この人とどうこうなることなんてできない。

「あの！　やっぱり私、歩いて帰り」

ます、と楓が言葉を続けようとした瞬間、あたり一面が真っ白に染まった。目の前に停まっている車のヘッドライトが、パッと二人を照らしたのだ。

わけもわからず二人が立ち尽くしていると、車の運転席からボイスレコーダーと一眼レフのカメラを構えた女性が降りてきた。一目散に駆け寄ってきたかと思うと、至近距離からパシャパシャとシャッターを切り始める。

「わっ！　眩《まぶ》しっ!?」

「うわ！　なに、なに、なに？　週刊誌!?　ちょっと、いやいや、僕たち何もしてないですよ!?」

楓と目黒は訳もわからず慌てふためいた。

「はい、アウト～」

「え？」

女性の声がして、それがどんな意味なのか理解する間もなく、楓は目黒に突き飛ばされた。ぬかるみに足を取られそうになり、とっさに踏ん張ったから辛《かろ》うじて転ばずに済んだものの、一瞬、衝撃で何をされたのかわからなかった。

「みちこ!?　なんでここに」

見てみれば、みちこと呼ばれた女性はキッと目を吊り上げて目黒を睨《にら》んでいた。目黒はさっきの強引さとは打って変わって委縮《いしゅく》し、高身長なのにいつもより体が小さく見える。

「マネージャー……？」

おそるおそる呼びかけてみても、楓の遠慮《えんりょ》がちな声は、目黒には一切届いていないようだった。

「はい、私、そのマネージャーとかいう人の妻です」

女性がカメラを首から下げ、腕組みをして言う。

「つ、妻!?」

──マネージャー、既婚者だったの？　じゃあ私を誘ったりしたあれは、一体なんだったの？

楓はますます混乱した。

「うちの夫とお付き合いされてるんですよね？」

顔を近づけて尋ねられ、楓は答えようとした。割り込んできた目黒が「みちこ、ホントになんにも！」と叫ぶ。

「はい……。まだ」

楓はつられて頷いた。

「まだ!?」

女性の表情が険しくなる。

「あ、いや私、ご結婚されてるって知らなくて」

「不倫女《ふりんおんな》は大体そう言うんだよね！　どうせ、あなたが夫に言い寄ったんでしょ!?」

「違いますって！　それはマネージャーが」

「言い訳すんな！　こっちは証拠写真ちゃんと撮ってるんだからね！」

ぴしゃりと叩きつけるように言われ、楓は呼吸まで止められてしまった。頬《ほお》を打たれたようなショックが体に走る。

——言い訳なんてしてない。きちんと本当のことを言っただけだ。なのに、どうして私がこんなこと言われなきゃいけないの？

涙で視界がにじむ。そんな楓をよそに、女性はくるっと顔の向きを変えて目黒のことを睨みつけた。楓を指さして叫ぶ。

「あんたもこんな若いくらいしか能がない女に引っかかって！」

その言葉は目黒の体を貫通して地球を一周し、向きを変えて楓の心に突き刺さった。目の前が真っ暗になる。

「見間違いだろ……」

「証拠写真連写で撮ってんのよ！　こっちは！」

と、二人の争う声が遠くに聞こえた。

自分で自分をバカだと思うのと、他人にバカにされるのは大違いだ。悲しかった。悔《くや》しくて、怒りが湧いて、けれど何も言い返せず突っ立っていることしかできない自分が情けなかった。

——誰か。

誰か、助けて。

ハル、助けて……。

「か〜え〜で」

呑気《のんき》な声が聞こえた。

顔を上げると、ハルがそこに立っていた。

「迎えに来てやったぞ〜」

何も知らないだろう、呑気なその声を聞いた途端、楓は目から涙がどっと溢《あふ》れそうになった。おなかに力を入れ、ぐっと息を止めてこらえる。

——負けたらダメだ。ここで泣いたら、それこそ私は、本当に『若さくらいしか能がないバカな女』になってしまう。

「ん？　あれ楓、どうした？　なんか目ぇ赤くなってね？」

「…………なんでもない。ただの花粉症」

楓は目元をごしごしとこすってごまかした。メイクが崩れてしまったけれど、あたりは暗いし、きっと気づかれずに済むだろう。

「手が震える花粉症とかあるか？」

ハルは苦笑交じりにそう言った。目黒の妻が、フンッと鼻を鳴らす。

「呆《あき》れた。不倫の上に二股《ふたまた》？」

「不倫？　楓が!?」

ハルは目を見開いた。「無理無理！」と、顔の前で大きく手を振る。

「楓、嘘つけねぇもん。嘘つくとちょっとシャクれんすよ、アゴが。こんな風に」

「ちょっと、今その話いいから！」

確かに本当のことだけど、場違いすぎて恥ずかしい。ついでに言うと、オーバーな物真《もの》似《ま》《ね》もしないでほしい。そんなに言うほどシャクれてないわ！

顔を真っ赤にしてうつむく楓に構わず、ハルは言葉を続けた。

「てか、なんで奥さん、さっきからずっと旦那《だんな》じゃなくて楓にブチ切れてんの？　旦那もずっと黙ってんの？　おかしくね？」

「え？　いや、それは……」

「あの、でも……」

口ごもった二人をよそに、ハルは「帰るぞ」と楓の肩を抱き寄せた。

「うん」

楓は頷《うなず》く。さっきの目黒と同じことをされているのに、今度はぞわぞわしなかった。妙な違和感もなかった。落ち着いて呼吸ができるし、ちゃんと安心して歩ける。胸のあたりがふわりと温かくなり、手の震えが治まるのを感じた。

「楓、あいつはやめとけ」

肩に置かれた手に、力がこもった。

「……ハル？」

どうしたのだろう。いつになく声が真剣だった。

「女泣かせる奴はうんこだし、不倫もうんこ」

楓の目を見てそう言った後、ハルはくるりと振り返り、目黒夫妻にびしっと指を突きつけた。

「つぅことで、もう二度と楓に近づくなよ、このダブルうんこ！」

「……ハル、うんこうんこうるさい」

「な……なんだよお前は」目黒が震える声でハルに尋ねる。

「俺？」

ハルは短く笑った。

「俺は――楓を守るナイトだよ」

決め台詞《ぜりふ》を残し、「あばよ」と言って楓と共に歩き始める。

「……ナイト？」

残された目黒夫妻の声が、夜の闇にぽつりと響いた。

「普通に幼馴染《おさななじみ》でいいでしょ」

楓は恥ずかしくて、ハルの腕の中で首をすくめた。

○

時間が経つにつれ、雷はひどくなる一方だった。大きな音が鳴り響くたびに、「ふぎゃあっ⁉」と楓は飛び上がって驚く。叫ぼうとしていないのに、どうしても身を縮めてしまう。

「ってかハル、迎えに来てくれるなら自分の傘くらい持ってきてよ！」

「しょーがねえだろ、雨降るって知らなかったんだよ！」

「えっ、雨降ると思ったから迎えに来てくれたんじゃないの⁉　じゃあなんで？」

「それはアレだよ……牛のチラシってやつ？」

「それを言うなら虫の知らせでしょ！」

「そうだっけ？　でもまあ、おかげで助かったわけだし。感謝してくれてもいいんだぞ？」

「……ありがと。でも、それとこれとは別！」

店の前を離れてから、すぐに雨が降り始めた。街灯がぽつぽつと立っている道を、二人は楓の折り畳《たた》み傘をさして歩く。

ハルが足を踏み出すたびに、腕が肩に触れた。上着の生地がこすれる音が鼓膜《こまく》に届いて、その感覚に楓はぼうっとする。

「覚えてるか？　うちに泊まった時に雷が鳴って寝ションベンして」

「うっさい」

昔の失敗談を持ち出して楽しもうとするのは、ハルの悪い癖《くせ》の一つだ。心臓の音が聞こえてしまわないか心配で、楓はじりじりと距離を取ろうとした。

「雷ホント苦手だよな〜、楓は！」

雨が傘を叩く音に交じって、ハルの声が聞こえる。

「やっぱ迎えに来といてよかった〜」

確かに、雷は昔から苦手だ。小さい頃、ハルの家で遊んでいた時に、外がひどい雷雨になったことがあった。ハルは呑気にバリバリとポテトチップスを食べながら「すげー！盛り上がってきた！」とはしゃいでいたけれど、楓にとってはそれどころではない。いつ体に電流が走るかと思うと怖くて、身動きが取れなくなった。その時も、ハルはそばに寄ってきて抱きしめてくれた。「大丈夫だって、俺がいるから。な!」と、ニコッと笑いかけてくれた。

——二十年前から何も変わらない。私が雷を苦手なことも、そのたびにハルが心配してそばに来てくれることも。

「バカ濡れんだろ、もっと寄れ!」

再び肩を抱き寄せられてドキッとしたのもつかの間、すぐそばで雷が光って楓は顔をひきつらせた。

「大丈夫だって! 俺がいるから」

すかさず、ハルが明るい口調で言ってくれる。伝わる体温が心地よかった。雷は怖いし、夜道は暗いけれど、二人で一緒にいられるなら、ずっとこのままでも構わなかった。

ふと顔を上げると、ハルの肩が雨で濡れていることに気づいた。強く打ち付ける雨の中、この折り畳み傘は二人で使うには小さすぎる。

——ハルは不器用だけど優しい。そういうところが大好き。だからこそ、いつも期待してしまう。こんなに優しくしてくれるってことは、もしかして、ハルも私と同じ気持ちなのかなと。

視線が合い、そっと手を伸ばされた。

――触られる！　もしかして、キス……？

どぎまぎしたのもつかの間、「髪の毛、食ってる」と、口に入った髪を直されただけだった。

「……ありがと」

小さな声で言うと、おお、とハルは軽く頷いた。

「ていうかさ……楓、もってるよな」

「え？」

「せっかく言い寄られたのに、相手がさ」

ハルはフッと笑う。

「どういうこと？」

楓は訊き返した。何が言いたいのかわからなかった。

「気を付けろよ、たぶん出てんだよ。こいつなら言い寄ればイケる的なオーラが？」

「出てないわ！」

「いや、ここらへんからモヤモヤァ～っと」

ご丁寧《ていねい》にジェスチャーまでつけてくる。傘が揺れ、雨のしずくが楓の頭のてっぺんに落ちた。さっきまで高揚していた気持ちが、一瞬で冷たくなる。

「うるさい！」楓は叫んだ。

「それもこれも全部ハルのせいじゃん！」

「は？」ハルは目を見開く。

「何で俺が出てくるんだよ。楓の男運のなさのせいだろ」

——鈍いのもたいがいにしてほしい。

もうこのアホみたいな顔も見飽《みあ》きてしまった。楓は大きく息を吸い、拳をぐっと握った。

「決めた！　今日から、ちゃんとした大人になるから！　ちゃんと素敵な相手とちゃんと恋するから！」

本当は引き留めてほしかった。俺がいるからその必要はないと、少しくらい強引にでもいいから止めてほしかった。

「……好きにしろよ」

けれど楓の思いもむなしく、ハルは唇を尖らせてそう呟《つぶや》いた。

「……っ、しますよ、好きに！」

可愛くない言い方をしてしまった自分が情けなくて、もう相合傘《あいあいがさ》なんかしていられなかった。楓が一人で歩き始めると、数秒後に追ってきたハルに傘を差し出された。

「おい、ちょ、濡れるって」

「ついてこないで！」

「いや、だって帰り道同じじゃん」

「じゃっ……じゃあ、話しかけてこないで」

「え？　おい楓、ちょ、待てってて！」

さらに強くなる雨の中を、一つの傘の下、気まずい思いで進んだ。

楓は唇を噛《か》む。

――さっきまでのロマンチックな雰囲気《ふんいき》が嘘みたい。それとも、あれも私が一方的に感じてただけだったの？

不安な気持ちを煽《あお》るかのように、あたりが一瞬、稲妻《いなずま》で昼間のように明るく光る。楓は思わず悲鳴を上げそうになったけれど、ハルに心配されたくなくてどうにか我慢した。雷がますます嫌いになりそうだった。

○

――もうあんなヤツは知らない。私は私のために、新しい人生を歩むと決めたのです。

「本気で吹っ切る覚悟が決まりました」

いつもの蝶子《ちょうこ》さんのカフェ、いつもの席。真顔で言った楓の前で、「……そう」と伊織《いおり》は静かに顎《あご》を引いた。

「で、どうしたらいいと思う？　マッチングアプリに登録するか、婚活するか？　ていうか、美桜《みお》は!?」

「おデートですって」

蝶子さんがカウンターから口をはさんでくる。

「美桜ちゃんって息するみたいにモテるのよね〜」

楓は大きく頷《うなず》いた。

「ほんとすごいよ美桜は。専門出てから仕事もバリッバリしてさ」

進路においても恋愛においても迷いがなく、常に我が道を行く美桜は、楓にとって昔からあこがれの存在だった。自分が美桜のようになれるとは到底思えないけれど、それでもやっぱり、潔《いさぎよ》くていいなぁと思わずにはいられない。

「きっと職場でも活躍してるんだろうな〜。デザイナーとかかっこよすぎ！」

美桜が働いている姿を想像するたびに、すごいでしょ私の幼馴染！　と、楓は誰かに自慢したくなる。すると決まって、平凡で何の取り柄もない自分のこともセットで考えてしまうのだけれど。

「幼稚園からずっと同じ風に生きてきたはずなのに何、この人生の差は〜！　しんど〜い！」

ついつい大きな声で嘆《なげ》いて、パタンとテーブルに突っ伏した。伊織は無言のままだ。

──もしかして伊織、私の話聞いてなかった？　いや聞いてたとしても、コメントしづらいこと言っちゃったかな……。

楓がそっと顔を上げるのと、伊織が立ち上がるのは同時だった。

「……よし。じゃあ、行こうか」

「へ？　行くって、どこに？」

楓が問いかけても、伊織は「いいから。立ってついてきて」と、はっきりした答えを言わない。

「う、うん……」

戸惑いながらも、楓は促されるがまま蝶子さんのカフェを出た。駐車場には伊織の車が停められていて、伊織が助手席のドアを開けてくれる。乗り込むと、芳香剤のいい匂《にお》いがした。幼馴染四人で遊ぶ時も、伊織はよく車を出してくれる。相変わらず、シートにはゴミ一つ落ちていなかった。

運転席の伊織が、車を発進させる。どこに行くの？　と楓は繰り返し尋ねたけれど、目的地に着くまでとうとう教えてはもらえなかった。

やがて到着したのは、一軒のパン屋だった。買い物を済ませた後、二人は再び車内に戻る。

助手席に腰を下ろしてすぐに、楓はビニール袋からパンを取り出した。両手に持って思い切り頬張《ほおば》る。

「うんまぁ～！　伊織も食べな？」

楓が差し出すと、伊織はパンを一口かじった。

「……ありがと」

と、口をもぐもぐさせながら言う。その顔に子どもの頃の面影《おもかげ》が見えて、楓はなんだか嬉しくなった。

「連れてきてくれてありがとう！　このお店のパン、食べてみたかったんだよね」

「知ってる」

「え？　……なんで？」

「前に話してたの、聞いてたから」

伊織に言われ、楓は記憶を辿《たど》ってみる。もうずいぶん前になるけれど、テレビで特集されていたこのパン屋について、二人で話したことがある気がする。行ってみたいけどちょっと遠いし、電車を乗り継ぐのも手間だよね～、と。ほんの短い会話だったはずなのに、ひょっとして、あの時のことをずっと覚えてくれていたのだろうか。

「……伊織って、ほんっとできる男だよね～」

「ん？　ごめん、聞こえなかった」

「ううん、なんでもない。ただの独り言」

楓は笑い、またパンをかじった。

車は高速道路に入った。パンでおなかは満たされ、伊織の運転は穏やかで、細く開けた窓から入り込んでくる風は心地いい。いけないと思いつつ、楓はいつの間にか眠り込んでしまった。


「楓、着いたよ。起きて」

伊織に軽く肩を叩かれて目を覚ました。眩《まぶ》しさに何度も瞬きをしながら地面に降り立った楓は、目の前にそびえ立つ巨大な観覧車に息を呑《の》む。

「あれ、ここって！」

「よこはまコスモワールド。行きたいって言ってただろ？」

いつもの表情を崩さず、伊織はさらりとそう口にする。楓は眠気が一気に吹き飛ぶのを感じた。嬉しくて、頬に血が上っていくのがわかる。

「伊織……マジであんた、人間何回目？　たぶんハルとか前世猿だよ、いやカタツムリかな？」

楓が猿とカタツムリのジェスチャーをして見せると、伊織は声を立てずに小さく笑った。

二人は遊園地に入り、メリーゴーランドに乗って「こっちの馬の方が可愛いでしょ？」と自慢し合った。

観覧車に乗って、上空から地上を眺めた。ランドマークタワーと海が綺麗《きれい》で、楓の気分も晴れやかになった。

クレープを食べると、甘さに心が癒《いや》された。頬についていたクリームを、伊織が拭《ぬぐ》ってくれた。

伊織は優しい。それに賢い。

――ハルだったら絶対、私にクレープなんて買ってくれないし。きっと一口くれとか言って、私の分まで食べちゃうし。

「どうする、映画でも観る？」

その声にハッとして顔を上げると、見知らぬカップルがすぐ横を通り過ぎていくところだった。彼氏の問いかけに、「いいね！　私観たいのあるんだけど」と、彼女が答えている。

楓は、伊織と二人きりでいるこの状況が、なぜだか突然とても奇妙なものに思えた。行きたかったところに来られて嬉しい。それにとても楽しい。

なのに、どこかむなしい。

日が暮れるまで遊び、最後に伊織が連れてきてくれたのは、横浜《よこはま》の綺麗な夜景が見られる場所だった。高いビルの屋上から、街全体を見渡せるようになっている。いくつもの小さな光が夜の闇の中に浮かび、まるで星空の中にいるみたいだった。屋上の一角には足湯スペースがあり、座って夜景を楽しむことができる。

「うわぁ~綺麗！」

楓は辺りを見渡して歓声を上げた。

「ありがとね伊織。いい気分転換になったよ~。やっぱ持つべきはいい幼馴染《おさななじみ》だねぇ」

にっこり笑って顔を向けると、伊織と目が合った。その黒い瞳に、楓は体ごと吸い込まれそうになってしまった。伊織はいつも通りの無表情だけれど、なぜか今は少し寂しそうに見える。

「……嘘つかなくていいよ」

「え」

「……さっきから、ずっと無理して笑ってる」

楓は、頬のあたりがかすかに強張《こわば》るのを感じた。

すべてバレていたのだ。ハルへの気持ちを吹っ切る覚悟ができたつもりでいたこと、伊織と過ごす今日を頑張って楽しもうとしていたこと。本当は、ハルを吹っ切るなんて一生できないということ。

「……伊織、特殊能力とか持ってる感じ？」

おどけて尋ねてみたけれど、伊織は何も言わない。楓は気まずくなって目をそらした。

「……ちょっと、足湯でも入ろうかな」

沈黙に耐えられなくなって、一人で足湯スペースに向かって歩いていく。ベンチになっている足場の縁に座り、ちゃぽん、と湯に両足をひたした。少し離れたところで、伊織が言葉の続きを待っている気配がする。

「……あのね。全部、行きたかった場所ばっかりで最高に楽しかったんだよ？　だけど……」

続きの言葉を探して、あたたかい湯の中でゆらゆらと足をさまよわせる。

「……だけど途中から、全部ハルと来たかった場所だったんだなぁって、気づいちゃって……」

伊織は黙ったままだ。

「あ……嘘嘘、ごめん、今のなし！」

楓は慌てて撤回《てっかい》した。後悔《こうかい》の気持ちが洪水みたいに心に押し寄せてくる。

──伊織は私を元気づけようとして、こんな素敵なところへ連れてきてくれたのに。どうしてこんなこと言っちゃったの？

背後から、静かな足音が近づいてきた。

「楓」

顔を上げると、すぐそばに伊織が立っていた。楓の隣に並んで腰を下ろす。

「思い出していいよ、あいつのこと」

「伊織？　……どうしたの」

さっきまでの少し寂しそうな様子とは違う。いつの間にか、伊織はとても真剣な目をしていた。いつもと違うその雰囲気《ふんいき》に驚き、楓は小さく息を呑む。

伊織のことは、ずっと昔からよく知っていた。小学生の頃から何百回も顔を合わせてきたのだから、お互いになんでも打ち明けるのが当たり前だと思っていた。

──だけど私の知っている伊織は、遊んでいる時、こんな真剣な目をする人だった？

沈黙を破って伊織が言った。

「……楓。あいつと比べたり落ち込んだりしてもいいから……俺にしてみない？」

楓はぽかんとする。首を傾《かし》げて尋ねた。

「……俺にしてみる、とは」

「ずっと楓のこと、好きだから」

「え」

伊織の瞳に、あっけにとられた表情の自分が映っているのを楓は見つめる。

「えええええええ!?　い、いつから?」

「小学校」

「ふぁぁ!?　き、気づかなかった……」

驚きで腰が抜けそうになった。そんな様子の楓を前に、伊織はちっとも動揺《どうよう》していない。

「気づかれないようにしてた。楓がハルのことを好きなのも知ってたし」

何食わぬ顔で伊織はそう言う。告白の最中のはずなのに、どうしてそんな涼しい顔でいられるんだろう。

状況を理解し始めた楓は、ぐるぐると考え続ける。

——伊織が、私を好き。小学校の頃からずっと好き?　でも、それより前から私はハルのことが……。

「伊織」

楓は切り出した。「でも私」と、とっさに告白を断ろうとした。

「待って楓」

言い終わる前に、強い口調で遮《さえぎ》られる。

「今さら返事も急がない。ハルのこと、本気で吹っ切る気があるなら……これからはちゃんと俺のこと、男として見てくれない？」

言いながら、伊織は楓の顔を覗《のぞ》き込む。距離が狭まっていく。前髪が触れ、吐息がかかりそうになって、楓は息を止めた。

「返事は」

低い声でささやかれる。

「は……はい」

楓は、不覚にもドキッとしてしまった。

ep.4

帰りの車内で楓《かえで》はずっと黙ったままだった。当然眠気などやってくるはずもなく、膝の上で両手の拳を握ったまま、肩に力を入れて座っていた。

やがてアパートの前に到着した。伊織《いおり》が助手席のドアを開けてくれる。

「あ、ありがとゴザマス」

「いいよ、そんな緊張しなくて」

楓はカクカクしてしまったが、フッと笑った伊織に余裕のある口調で言われる。

「緊張しなくていいって……でも、男として意識しろって言ったのそっちじゃん！　さっきもキスされるのかなとか思っちゃったし」

「しようとした」

「ふぇ!?」

「でも、やめた。楓の気持ちがなきゃ意味ない」

「伊織……」

——告白したのは伊織のはずなのに、どうして私の方がさっきからドキドキしているんだろう。こんなやり方、ズルすぎる。

楓がそう考えていると、背後から足音が近づいてきた。ふんふんと上機嫌な鼻歌が聞こえる。ハルのご登場だ。

「あっれぇ～？　どっか遊びに行ってたの？　誘えよ～、無職の俺を～！」

夕飯用の弁当を買ってきたのか、ハルは片手に見覚えのあるロゴマークの袋を下げている。唐揚げ弁当ばっか食べて飽《あ》きないのかな……と、楓は一瞬、自分の状況を忘れて思った。

いくら鈍感なハルでも、さすがにこの場の違和感には気づいたらしい。ぴたりと足を止めたかと思うと「あれ？」と不思議そうな顔で歩み寄ってきた。

「何、なんかあった？」

「えっ」

「いや二人とも、いつもと様子が違うからさ！　なんでも相談しろよ？　俺、なにせ暇だし！」

ピカピカの笑顔を向けられ、楓は言葉に詰まる。

——話すべき？　それとも黙っておくべき？　そもそも、言うとしたら何て切り出せばいいの？　二人で一日中遊んで、最後に告白されたんだよね～、なんて言えないし……ってか、二人ともそんなに私のこと見ないで！　プレッシャーだよ！　ああもう！　あ――――もう！

「お母ちゃんのことは放っといて！」

何も知らない呑気《のんき》なハルに腹が立って、伊織の思いがけない行動に戸惑って。感情がキャパオーバーになった楓は、二人に背を向けて駆け出した。自分の部屋のドアを開け、そこで一つだけ思い出して振り返る。

「伊織、今日はありがとうね」

お礼だけは言い忘れちゃダメだ。

「うん、おやすみ楓」

伊織が応じるのにぎこちなく頷き返してから、楓はバタンとドアを閉めた。

残されたハルと伊織は、少しの間、明かりがついた楓の部屋の窓を黙って見上げていた。

「……え、おい、何、どうなってんの？」

ハルが尋ねると、伊織は窓の方に顔を向けたまま平然と答える。

「俺が楓のこと好きだって伝えた」

「へぇ～」

そっかぁ、と適当に頷こうとしたハルは、「て、はぁ!?」と目を見開いた。

「え、ちょ、今の話、初耳なんですけど!?」

「俺、もうハルに気を遣わない」

静かだが力強い声に気圧《けお》され、ハルはしどろもどろになる。

「は？　き、気を遣うも何も、俺は……」

「楓のこと、何とも思ってない？　本気で言ってる？」

まっすぐに目を見つめてくる伊織の質問に、胸が苦しくなった。ハルはぐっと顔をゆがめる。

——楓のこと、なんとも思ってないと言えば嘘になっちまう。それに俺、伊織に嘘なんかつきたくねえよ……。

決意を固めてハルは言った。

「だ、だって俺は……楓の母ちゃんと約束したから」

○

高校一年生の頃の出来事を、ハルはよく覚えている。

ハルと楓と伊織の三人で、楓の母親の見舞いに行った時のことだ。

病室の窓は開いていて、吹き込んできた風で、カーテンと髪がなびいた。ここはいつ来ても静かで、いろんな薬の匂《にお》いがするなと、ハルは鼻をスンと鳴らして思う。

「お花の水、替えてくるね」

そう言って楓が席を立つと「じゃあ、二人に何か飲み物もお願い」と母親が頼んだ。足音を立てないように去っていく楓の後ろ姿を、三人は見るともなしに見送った。

「いつもお見舞いありがとね」

ハルと伊織に向き直り、楓の母親は優しい声で言う。笑った時の、細くなった目のあたりが娘によく似ている。

「いえ、とんでもないです。なあハル」

「おう。あ、おばちゃん、美桜《みお》は今日デートっす。ハクションな奴なんで」

「おい！　……というか、それを言うなら『薄情な奴』だろ……」

「いいのいいの」

楓の母親はやんわりとなだめた。

「青春を謳歌《おうか》してくれる方が嬉しいから。みんなも……楓も、ね……」

「おばさん？」

穏やかだった表情が曇る。ただならぬ気配を察知し、伊織が呼びかけた。楓の母親は背中を丸め、両手で顔を覆《おお》う。

「……ねぇ……もしね、もしこの先、楓になにかあったら、楓のこと……」

「大丈夫、俺たちが守るから！」

ハルは真っ先にそう言った。

「俺ら、どんどん修行して強くなるから！　だから安心しろ、おばちゃん！」

「修行って」

伊織が怪訝《けげん》そうな顔で突っ込む。しかしハルは本気だった。

「じゃあ……」

楓の母親が声を震わせた。泣いているのか笑っているのかわからない顔で、二人のことをまっすぐに見つめる。

「ハルくんたちは、お姫様を守る騎士《ナイト》だね」

「姫ってガラじゃねぇけどな、あいつ！　まぁそういうことにしといてやるか」

ハルが明るく言い切ると、楓の母親が片手を差し出した。長く入院しているからか、腕がずいぶん細くなっている。小指を立て、指切りをする時の形を作った。

「じゃあ、約束ね」

ハルと伊織は顔を見合わせ、どちらからともなくそれぞれの手を伸ばした。楓の母親の指に、自分の指を絡ませる。

そうして二人は、楓のナイトになる約束を結んだ。

楓の母親は、ほどなくして亡くなった。葬儀の後に外へ出たハルは、楓が公園のベンチにぽつんと一人で座っているのを見つけた。

夏の暑い時間帯で、蟬《せみ》の鳴き声がうるさい。直射日光が降り注ぐ場所にいるのに、楓はどこかひんやりした、静かな表情を浮かべていた。

ハルが駆け寄ると、楓は目を細めて微笑《ほほえ》みを浮かべた。

「お母さん言ってたの。元気になったら、ここで昔みたいにピクニックしたいねって」

「そっか……」

何か言葉をかけてやりたくて、ハルは隣に腰を下ろした。

『楓ちゃん、元気そうでよかった』

『そんなに心配ないみたい』

楓の母親が病に倒れて入院してからも、クラスメイトたちは学校でそう言っていた。けれどハルには、楓が周りに心配されないように我慢しているだけだとわかっていた。

「ハル、なんかごめんね！　お父さんバカみたいに泣いちゃってて」

　そんなことない、とハルは無言で首を横に振る。俺が一番心配しているのは楓のことだと、素直に言えばいいのはわかっていた。けれど恥ずかしくて伝えられない。そんな自分がもどかしかった。

　楓の父親は寂しがり屋で、泣き虫で、ハルから見ても保護者としてかなり頼りない人だった。葬儀の時も誰よりも泣いていて、ハルには、そのせいで楓が泣くタイミングを失ってしまったように見えた。

　ふと顔を向けると、楓はうつろな目で骨壺《こつつぼ》を見つめている。少し痩《や》せたなとハルは思った。このままでは、楓が風に飛ばされてどこか遠くへ行ってしまいそうな気がした。

　——俺が引き止めなきゃ。楓をつなぎとめていられるのは俺だけだ。

「……あのな」

　思い切って口を開くと、楓がゆっくりと顔を上げた。一見いつもと変わらないけれど、やっぱり少し目が赤くなっている。

「あのな楓。我慢が一番体によくないんだぞ。……泣きたいなら、泣けよ」

　楓は黙り込んでいる。しばらくハルのことを見つめていたが、やがてまた下を向いてしまった。

　——言わなきゃよかったかな。

ハルがおそるおそる覗《のぞ》き込むと、うつむいたまま楓の顔がくしゃりとゆがんだ。瞬く間にボロボロと目から涙があふれ、泣き声が後に続く。そのまま、ハルの胸に飛び込んできた。涙で制服のシャツが熱く湿っていくのがわかる。

ハルは腕を広げ、楓を抱きしめるべきか悩んだ。

手を回せば、楓の体を包み込むことができる。それはとても簡単なことだ。しかしためらった末に、やめた。「じゃあ約束ね」と、もういなくなった人の声と共に、病室の匂いが鼻先をかすめたのだ。

——ナイトは恋しちゃダメだろ！

その日からハルは、自分の気持ちを封印することにした。

○

というわけで、とハルは伊織に向き直る。

「姫を守るのがナイトの仕事なんだから！」

「まさか、あの時のこと……」

伊織はうろたえていた。他人が見れば動揺《どうよう》しているようにはちっとも見えないだろうけれど、長年の付き合いがあるハルにはわかった。

もちろん伊織だって、楓の母親との約束を忘れたわけではないはずだ。しかしまさか正しいことわざすらまともに覚えられないようなハルが、もう何年も前の約束をストイックに守り続けているとは思っていなかったらしい。

言葉を失った伊織の顔を、ハルはキッと見据えた。

「俺たちあの時、楓の母ちゃんと約束したじゃねえか！　一緒に楓を守るって誓っただろ！　だから伊織は裏切り者だ！　ナイト失格だぁ!!」

一気に大声でそう言った後、ハルはアパートの階段を上がって自分の部屋に駆け込んだ。

「……どんだけアホなんだよ、お前」

ドアが閉まる直前、伊織がそうぼやくのが聞こえたから顔をつき出し、「うるせー！　バーカ」と言い返してまた引っ込む。

ベッドにダイブし、寝返りを打ってハルは天井を見上げた。

――あの日。

楓の母ちゃんと約束した日。

楓のことを諦めようと決めた。

いや、諦められると思ってた！

……楓が、誰かと付き合えば。

「なんでこんな上手《うま》くいかねぇんだよ……」

ひとしきりジタバタ暴れたハルは、しばらくして「まあ、考え込んだってどうしようもねぇな！」と開き直った。ベッドから起き上がった途端、おなかが盛大に鳴る。そばに置いていたビニール袋を片手で引き寄せ、買ってきた弁当の蓋《ふた》を開けた。

「いただきまーす！」

手を合わせて食べ始める。

最後の一個の唐揚げ弁当が買えてラッキーだったな～と店を出た時は思っていたけれど、今は味わう余裕もなかった。さっき見た、楓と伊織の妙な雰囲気《ふんいき》のせいだ。

——楓が誰かと付き合えば、俺はあいつを諦められるかもしれない。

手づかみにした唐揚げを口いっぱいに頬張《ほおば》りながら考える。


でも、楓はモテねぇし！
※ハルが好きだからです！
それに、恋人できねぇし！

※ハルが好きだからだってば！

出会いを探そうともしねぇし！

※ハルが好きだからだって言ってんでしょ！

「だから諦めつかねぇし！　まぁなんならこのままの関係も悪くねぇとは思ってたし！　あの不倫《ふりん》うんこと付き合わなくてほっとした、けど!!　ぬはぁ～!!」

思ったことがそのまま口に出ていることにちっとも気づかず、ハルは足をバタつかせながら再びベッドに倒れ込んだ。

――姫が恋をするのは、王子。あいつにふさわしいのは、ダメダメでバカな俺じゃない！　楓にはもっと頭が良くて、頼りになって、ちゃんとしてるパーフェクトなヤツが……。

「……ん？」

それって。

「伊織のことじゃねぇ!?」

思考回路が、一気にクリアになった気がした。迷宮入りの謎を華麗《かれい》に暴く名探偵にでもなった気分だ。

——そうだよ。あいつ頭いいし、すげぇ大学出てたし。

ハルは顎《あご》に手を当てて天井を見上げた。こうなったら、果たして伊織が本当に楓にふさわしい男なのかどうか、徹底的に調査しなきゃ気が済まない。

——もしほんの少しでも欠点があったら、ナイトの俺が意地でも認めねぇぞ！


次の日の朝、車のエンジンの音を耳にしたハルは、パジャマ姿で寝癖《ねぐせ》がついたままベランダに飛び出した。いつもは楓の怒鳴り声でもなかなか目が覚めないのに、こういう時は一発で起きられるから不思議だ。

アパート前の路上では伊織が車の横に立ち、出勤前の楓を待っていた。

「あれ、伊織？　どうしたの？」

姿を見せた楓が驚いて尋ねるのが聞こえてくる。

「今日、電車遅延してるみたいだから。送るよ」

伊織は何食わぬ様子で言い、助手席のドアを開けた。アイロンがかかったシャツとピシッとしたジャケットを身にまとい、髪を綺麗にセットした姿はまさに王子様だ。

「嘘！　ホントに!?　ありがとう！」

楓も感激している。それを見ながら、ハルはうんうんと頷《うなず》いた。

――俺の思った通りだ。伊織は気が利《き》くし、楓のこと怒らせたりしねぇし。まんま予想した通りじゃねぇか。

「……ん？」

ちくりと胸に痛みが走った。気のせいかと首を傾《かし》げ、ハルは室内に戻る。

無職になると、とにかく時間が余ってしょうがない。テレビをぼうっと眺めたり、家じゅうの漫画を読み返したり、公園で近所の子どもと遊んだりした。

夜の二十二時頃、外から聞こえてくる楓の話し声に気づいたハルは、そっとドアを開けた。そろそろ帰宅してくると見込んでいたのだ。誰かと一緒にいるのかと思ったが、楓はスマホを耳に当てて歩いている。電話中だった。

「うん、家着いた。ありがとね伊織、電話に付き合ってくれて。この時間、道暗くてちょっと怖いんだ」

――まーた伊織か。

楓の様子を窺《うかが》いながら、ハルはぽりぽりとこめかみのあたりを掻《か》いた。

――電話くらいなら、俺を頼ってくれてもいいじゃねぇか。

しかしすぐに思い直した。楓だって、助けを求めるのは頼りがいのあるヤツがいいに決まってる。伊織は俺と違って、そもそも無職じゃねぇし。バカでもねぇし……。

——やめたやめた。なんかもう、張り合ってる俺の方がおかしくねぇか？

「じゃあまた明日。楽しみにしてるね～」

ドアの外で、楓が電話を切った。再びちくりと小さな痛みが走るのを感じ、ハルは胸を押さえる。

「……んん？」

何かがおかしかった。まるで黒いモヤが体の中にあって、仲のよさそうな楓と伊織を見るたびに、それがどんどん大きくなっていくようだった。

——なんだよこれ。なんなんだよこれ！

わけもわからず、混乱したままハルは玄関のドアを閉める。

どうやら伊織は、本当に完璧《かんぺき》な人間らしい。あいつこそまさしく理想の王子で、お姫様の相手にふさわしい。

——よかったんだよな、王子様が見つかって！

うん、そうだな、と繰り返し自分に言い聞かせる。よかったんだよ。これで俺もやっと諦めがつく！

「めでたし、めでたし!!」

目尻に滲《にじ》んだ涙を無視して万歳《ばんざい》すると、胸から竜巻のごとく黒いモヤが吹き出した。

それが何かを理解する間もなく、ハルはモヤの洪水に呑《の》み込まれてしまった。

○

ハルに呼び出された美桜は、パンプスの踵《かかと》をカツカツと鳴らして舗道《ほどう》を歩いていた。

「ハル～、来てやったぞ。ありがたく思……って、え!?」

蝶子《ちょうこ》さんのカフェのドアを開け、立ち止まって絶句する。

蝶子さんがこまめに世話をする観葉植物が自慢の、おしゃれだった店内。前に訪れた時は何ともなかったのに、今や別世界かと思うほど様変わりしていた。床にはどんよりした黒いモヤが漂い、加えて、ひどく息苦しい。

「うっ、くっ、肺に入った！」

美桜はとっさに鼻と口を覆《おお》ったけれど、すでに遅かった。体中の毛穴という毛穴から、ネガティブな空気が入り込んできた。

「いらっしゃい」

モヤの海に沈みつつある蝶子さんが暗い声で言う。

「何これ、どうなってんの!?」

わかんない、と蝶子さんはどんよりした表情で首を横に振った。えーっと顔をしかめた美桜は、できる限り息を止めつつ、ＲＰＧの勇者のごとく店内を進んだ。幼馴染《おさななじみ》たちと集まる時、いつも使っているテーブル席の手前で立ち止まる。

うねるモヤの中にラスボスの風格でたたずんでいたのは、真っ黒な色をした得体の知れないバケモノだった。

「……お前、ハルだな!?」

美桜が呼びかけると、バケモノは厳《おごそ》かに口を開く。

「ナゼ、ワカッタ」

「ほんま。なんでわかったん？」

蝶子さんがバケモノに同意した。

「アホの匂《にお》いがする！」

美桜は口元を覆っていた手をどけて叫んだ。

主人公が負の感情に支配されて闇落ちしてしまう場面を漫画やアニメで何度か見たことがあるけれど、現実世界でそんなことが起きるとは……。でも、ハルならありえるかもしれない。

「これあれか？　お前の心の闇的なヤツか⁉　蝶子さん、塩ぉ！」

はいはい、と蝶子さんがカウンターから小さな瓶《びん》を持ってやってくる。自爪とネイルチップの間に塩の粒が入り込むのも構わず、美桜は瓶の中身をすべて手のひらにあけた。バケモノに向かって力いっぱい投げつける。

「浄化だ、浄化‼　はい、悪霊退散！」

「あたしのお城やで〜、やめて」

蝶子さんが叫び、バケモノが断末魔《だんまつま》の悲鳴を上げた。

投げた塩が効いたのか、それとも美桜のエネルギーにあてられたのかはわからないが、しばらくするとハルはどうにか人間の形を取り戻した。

ランチのオムライスを食べながら、美桜はスプーンの先をハルに突きつける。

「奢《おご》れよ。昼休みにわざわざ抜けてきたんだから」

「無職にたかんなよ」

「いいじゃん、話聞いてやるんだからさ。どうせ楓と伊織のことでしょ？」

ズバリと言い当てられ、ハルはよく嚙《か》みもしないままオムライスを飲み込んでしまう。米粒が喉《のど》につかえてむせた。

水が入ったグラスに慌てて手を伸ばすハルを見つつ、美桜は歌うように言った。

「なんか急にいい感じだよね～、あの二人。この間もさ、三人でご飯食べたんだけど」

「は？　俺呼ばれてない」

「うん、呼んでない」

悪びれない美桜の返答に、ハルはムッとしつつ、「それで？」と口をへの字にして続きを促す。

「まぁ、とりあえず伊織をシメたよね」

「は？　なんで!?」

「だって、なんか嫌じゃない？　あの二人付き合うの」

「……いや、俺は」

口からこぼれ落ちそうになった本音を、ハルはぐっと呑み込んだ。その内心を知ってか知らずか、美桜は楽しげに言葉を続ける。

「私は嫌なの。だから楓が来る前に伊織を呼び出してさ。ほら、ちょうどそこの席で」

そう言ってくるりと振り返り、反対側のテーブルを指さした。

○

澄まし顔でカフェにやってきた伊織に、美桜はまずコブラツイストをお見舞いしたという。少なくとも質問には答えられるように、気管にはわずかな余裕を与えてやったそうだ。

「伊織、あんた本気で楓と付き合うつもり？　なんか腹立つんだけど？」

「美桜には関係ない」

技をキメられてもなお、伊織は普段通りの無表情を貫いていた。

「私にも関係ある！　こうやって皆でご飯食べづらくなる」

「食べればいい」

「は？」

美桜は目つきを鋭くした。

「他人がイチャイチャしてるのとか興味ないワ」

「……ハルと楓のことは、何も言わないくせに」

「だってあそこはどーこーならなそうじゃん！　てか、あんたさ、本気で楓のこと幸せにできる自信あんの？」

美桜の問いかけに、伊織は考え込むことなく答えた。

「まぁ、ハルよりはね」

「……たしかに！」

美桜はハッとした。腕に込めた力をほんの少し緩《ゆる》めた瞬間、伊織がするりと抜け出して席に着く。

○

「いや、たしかにじゃねぇし！」

報告を聞いていたハルは思わず突っ込んだ。美桜は呆《あき》れたように笑う。

「で、こっからが本題なんだけど」

「え？　ちょ、じゃあ今の話、何!?」

ハルはもうたじたじだ。焦る幼馴染《おさななじみ》を見て楽しんでいるのか、美桜はわざとゆっくりスプーンを動かした。

「その後、楓に訊いたの。伊織ってぶっちゃけどうなの〜？　って。そしたら……」

「そしたら？」

ハルはごくりとつばをのみ込んだ。

――聞きたくない。王子と姫のラブストーリーなんて聞きたくもなんともねぇよ!!　だけどここまで知っちまったら、最後まで首突っ込まないと気持ちわりぃし……。ああでも、やっぱ聞く勇気が出ねえ！

ハルが思わずぎゅっと目を瞑《つむ》ると「逃げんな！　ちゃんと現実見ろ！」と、美桜がすかさずハルの瞼《まぶた》をこじ開けた。

○

「伊織ってぶっちゃけどうなの？」

美桜にそう尋ねられた楓は、しばらくもじもじして何も答えなかったそうだ。

「まだ正直わかんない……。でも返事もしないでこうやって食事とかして、なんか、私ズルいなって思ってる」

「なに遠慮《えんりよ》してんの？」

伊織がさらりと口を挟んだ。

「俺を利用するくらいの気持ちでいてよ。そのうち好きにさせるから」

「あ………は…………」

伊織のストレートな求愛に、楓は顔を真っ赤にして恥ずかしそうにうつむく。

「あ〜！　はいはい。付き合う前の一番楽しい時間ってやつか」

二人きりの世界を横目に、美桜は大きな独り言を呟《つぶや》いた。

○

「ありゃ落ちるのも時間の問題よ」

一部始終を話し終えた美桜は、満足げにテーブルの上のグラスに手を伸ばした。顔を上げると、さっきまで目の前にいたはずのハルの姿がない。代わりに鎮座《ちんざ》しているのは、あの真っ黒なバケモノだった。

「え、何、また出た、祟《たた》り神!?」

ぎょっとして叫ぶと、バケモノの目に大粒の涙が浮かんだ。一粒転がり落ちたかと思うと、バケモノの頬《ほお》を滑ってテーブルの上に落ちる。

「……オ、オ、オレ、ヤッパリ楓ニ伊織トツキアッテホシクネェ、カモ!?」

「それ、私に言われてもね……」

壁掛け時計を見上げてみれば、そろそろ昼休みが終わる時間だ。

——落ち込んでいるハルの相手をしても、いいことなんか一つもない。ここは逃げるが勝ちだな。

「ほら、大人の恋愛は色々スピード速いから。まぁ頑張れ～ご馳走様《ちそうさま》！」

オムライスの最後の数口を一気にかき込み、美桜は席を立った。

「マ、マテ、オイテクナ」

バケモノに引き止められたが、聞こえないふりをしてバッグをつかむ。去り際、ドアから顔だけ出して振り返った。

「悪いけど、私は伊織もハルもどっちの味方もしないから」

「そんなぁ……。美桜のハ、ハ……ハクションモノ！」

「薄情者な。こんな時までバカなのかよ」

美桜は呆れて呟き、店を後にした。

ドアが閉まった直後、カウンター席ですべてを聞いていたトメさんが「はくしょんって面白いわね」と、くすくす笑いながら言った。年齢にそぐわぬしゃっきりとした動作で立ち上がり、ハルのそばに近づいてきてささやく。

「おばばでよければ付き合うよ、コイバナ」

「ちょっとトメさんってば、いいの？　そいつめっちゃめんどくさいよ？」

キッチンから蝶子さんが口をはさんだ。

「いいのいいの」

トメさんは大きく頷《うなず》く。

「私、悩める若者のお話聞くのダ～イスキなの」

すさんでいたバケモノの心が、優しい言葉でじわりと溶けた。黒いモヤの中から、自我を取り戻したハルがひょこっと顔を覗《のぞ》かせる。

「ガ、ガチで聞いてもらっていいスか……？」

「うん、ガチで」

トメさんはまた頷いた。テーブルから身を乗り出し、いつでも話してちょうだい、と言いたげにハルのことを見る。

しばらく自分の手を見下ろして考え込んでいたハルは、やがて心を決めて語り始めた。

二十年前のある日、隣に楓という可愛い女の子が引っ越してきたこと。

緊張しているのか母親の背中に隠れていたけれど、ハルが歌とダンスを披露してあげると嬉しそうに笑ってくれたこと。

それからはいつも一緒にいて、お互いのことは何でも知っていて、だからこそ、喧嘩《けんか》もたくさんしたということ。

高校生の頃、楓のナイトになる約束を楓の母親としたこと。

それからも告白をするチャンスが訪れるたびにその約束を思い出し、楓を諦めようとしたこと。でも諦めきれずに大人になり、今の関係をずるずると続けてしまっていること。

このままでは、伊織という王子に姫をさらわれてしまうだろうということ。

すべて話し終えた頃には、日が暮れかけていた。

あまりに一方通行かつ堂々巡りの話に退屈し、蝶子さんは途中から居眠りをしていた。

一方のトメさんは、最初から最後までにこにこしながら相槌《あいづち》を打ってくれていた。

「……俺、わかってて」

ぬるい水になった氷をストローで啜《すす》り上げ、もう何回目とも知れない言葉をハルは繰り返す。

「どう考えても、王子は伊織だって。……それに俺、ナイトなんで。……ナイトは、姫とは恋愛しちゃダメなんで」

「ナイトが恋愛しちゃダメなんてこと、ないんじゃない？」

トメさんの言葉に、ハルは不意を衝《つ》かれた。顔を上げると、窓の外の真っ赤な夕日が頬に差し込んでくる。

「ナイトだって、姫に恋していいと思うけど？」

「ダメです！」

とっさに否定した。

「姫の相手は王子様なんで！」

断言してみたはいいものの、本当にそうか？　と一瞬、疑問が頭をよぎった。

トメさんは相変わらずにこにこしている。

「ん〜、じゃあ……ハルくんが王子になれば？」

「いや、俺はナイトなんで」

「じゃあナイト兼王子になっちゃえば？」

「えっ」

ぼろっ、と、何かが音を立てて体内で崩れた。

絡まっていた糸が一気にほどけたような、めちゃくちゃ難しかったはずの知恵の輪をクリアできたような。

どうして気づかなかったんだろう。何も一つにこだわらなくていいじゃないか。

ハルはハッとした。そうだ、これは——

「これはあれだ！　閉店の関取《せきとり》みたいなやつだ！」

ブーッ、残念！

×閉店の関取

○青天の霹靂《へきれき》

「あー惜しかった！　セイテンのヘキレキ、か！」

　一気に元気を取り戻したハルは席から立ち上がろうとし、しかし次の瞬間、しゅんと肩を落とした。

「……い、いやでも俺、無職だし、ダメダメだし。今も日本語間違えたし。王子には程遠いっつぅか……。いくら同じ環境で育ってきたとはいえ、俺は伊織みたいにはなれねえし、あんなにスマートに楓を気遣うことはできねえし、その上、頼ってもらえる自信もねえし……」

　思わずうつむくと、ぽん、とトメさんに肩を叩かれた。

「……まぁ、一つ言えることはね。変わろうとしない人間は、一生変われないってこと」

　その一言で、ハルは顔を上げる。高校生の時、胸に顔をうずめて声を上げて泣いていた楓を思い出した。

　――そうだ。あの時、俺は確かにナイトだった。ここで抱きしめたら王子になってしまうとわかっていたから、腕を宙に上げたままで止めたんだ。

　でももしあの時、楓のことを抱きしめていたら。今頃は、違う関係になれていたかもしれない。

「俺………」

声にならない呟きが吐息になって漏《も》れた。あふれ出るエネルギーをそのままに、ハルは天井に拳を掲げる。

「俺………変わりてぇ!!!!」

「よく言えました」

トメさんが小さくパチパチと拍手をしながら立ち上がり、小さなメモ用紙に何事か書き込んだ。「はい」と、ハルに手渡してくる。

「トメの知り合いって言えば、話が通るようにしておくから」

「え、あの、これ何?」

わけもわからずメモを受け取ったハルに、トメさんはにこやかに告げた。

「バイト先紹介してあげる。とりあえず、これで脱無職ね」

メモ用紙を見てみると、会社の名前と、その電話番号が書かれていた。

大感激したハルは、トメさんに抱き着いた。

「ばあちゃん神!　最強ゴッド神!!」

「まあ、なんだか強そうな名前ね～」

トメさんはホホホと笑う。

ハルは元気いっぱいに立ち上がり、再び両手をグーにして頭上に突き上げた。

「待ってろ～楓！　ナイト兼王子に!!　俺はなるっ!!」

「あら凄《すご》い、海賊王《かいぞくおう》みたい」

トメさんがまた拍手をする。居眠りから覚めた蝶子さんが「まったく、泣いたり笑ったり忙しい子やね……」と、騒ぐハルを眺めて微笑《ほほえ》んだ。

○

アパートの階段を駆け上がったハルは、意気揚々《いきようよう》と自分の部屋のドアを開けた。玄関で靴《くつ》を脱いで顔を上げた途端、驚いて後ろに転びそうになる。楓が部屋の掃除《そうじ》をしていた。

「き、来てたのか」

「あー、おかえりハル！　またベランダにゴミ溜めてたでしょ？　こっちまで臭《にお》ってくるんだからね……。ちょっと来なくなるとすぐ汚部屋《おべや》化して」

楓はご立腹の様子だ。ゴム手袋をした手に消臭スプレーを持ち、シュッシュッと部屋中に噴きかけている。

ハルは楓をじっと見つめた。

——どうすれば、こいつのナイト兼王子になれるんだろう？

さっきカフェでさんざん楓の話をして、楓を好きな気持ちを再認識したせいか、すっぴんで部屋着姿でも、いつもよりやけに可愛く見えた。

「あ……あのさ、楓」

「なに？」

振り返った楓と目が合った。心臓が飛び跳ねる。楓の奴、こんなに目がキラキラしてたっけ？

「どうしたの？　言いたいことがあるなら早く言ってよ」

楓は小さく笑い、スプレーをシュッと噴きかける真似《まね》をしてきた。

「い、伊織とどう？」

——違う違う！　俺が言いたいのはそんなことじゃないのに！

言った瞬間に後悔《こうかい》した。案《あん》の定《じょう》、みるみる楓の表情が不機嫌そうになってくる。

「なにそれ。ハルには関係ないでしょ!?」

「そ、そうだけど……。でも」

「今日のハル、もじもじしてばっかりで意味わかんないよ！　……じゃあね」

拗《す》ねたように唇を尖らせ、楓は部屋から立ち去ろうとする。

ハルはとっさに通せんぼをした。楓を部屋の奥に追い込みながら、「ちょ……ちょっと待って」と、頭の中で言葉を組み立てていく。

──ああ俺のバカ！　楓にいつ会ってもいいように、なんて言うか考えとけよ！

「さっきから何なの？　ハルが真剣な顔してると怖いよ！」

楓が困ったように言ったのと、

「頼む!!」

と、ハルがしゃがんで土下座《どげざ》したのが同時だった。

短い沈黙が流れる。

「……頼むって、何を？」

「一か月、いや、二か月！」

楓に向かって、ハルは指を二本掲《かか》げた。

「二か月だけは……楓の部屋に伊織、っていうか、他の男も入れないでください！」

「はぁ!?　……なんでそんな約束しなきゃいけないの？」

「それは……」

ハルは言葉に詰まった。土下座の体勢のまま、わしゃわしゃと髪を掻《か》く。

――どうすればいい。何を言えばいい？　王子様になって告りたいから待っててくれとか、そんなキザなこと言えねぇよ……。

俺が完璧《かんぺき》なナイト兼王子になる前に、伊織といい雰囲気《ふんいき》になられたら困る。だからこうするしかない。でも明らかに怪しまれている。

「ねぇ？　なんで？　もし私の部屋に誰かが入ったら、ハルにとって何か困ったことが起きるわけ？」

楓が怒っている。どうしよう。このままだと嫌われちまう。何か言わねえと。

「……い、今オカンがいなくなると、俺、生きてけないし。だからその……俺だけのオカンでいてほしい、的な？」

短い沈黙の後で、楓が大きく息を吸う音がした。

「だから!!!!　誰がオカンじゃ!!!!」

ハルの鼓膜《こまく》はビリビリ震えた。思わず両手で耳をふさいだけれど、それでもなお、楓の声ははっきり聞こえてくる。

「ふざけるのもいい加減にしてよ！　もう片付けもしに来ないから！　これが最後だからね！」

最後と言われて、ハルの心にふと素朴な疑問が浮かんだ。

——そういえば、なんで楓はしょっちゅう勝手に俺の家に来てるんだ？

「……てか、楓だけ俺んちの鍵《かぎ》持ってんのズルくね？　楓のもくれよ」

「ええ？　嫌だし。勝手に冷蔵庫とか漁《あさ》るでしょ」

「はぁ？　んなこと……するな」

「するんかい！」

楓は一瞬、おかしそうに笑った。しかし直後に我に返り、「ハルなんかもう知らない！」と言って部屋を出ていく。

目の前で閉まったドアを眺め、ハルは呆然《ぼうぜん》と立ち尽くした。

「俺……またバカなことやっちまった？」

ep.5

楓《かえで》は怒っていた。

――あいつ、どうしてあんな頼みごとをしてきたの？

ハルの気持ちは今までず――――っとわからないままだけど、ここまで理解できないのは初めてだ。

「ってか、結局オカンなんかい私は！　部屋ん中に男入れんなとか、どの口が言っとんじゃい！」

出勤後、エプロンとマスクを着けた楓は包丁を振りかざした。ダンッと重い音がして、鶏肉がぶつ切りになる。

――まったく、ハルにはうんざりだ。こんな時までバカやろう。あんな時までバカやろう。やることなすことにいちいち腹を立てていたら、あっという間に血圧が上がって死んでしまう。

長年の付き合いがある楓も、今回ばかりは限界だった。それはもう、盛大な独り言が漏《も》れてしまうくらいに。

「もう！　なんで私、あんな奴のことが好きなんだろ！」

怒りのままに叫び、再び包丁を振りかざす。ズダン！　と音がして、まな板まで切れてしまいそうになった。

その時、ふいに後ろから声がした。

「調理中は喋《しゃべ》らない。たとえマスクをしていても、私語厳禁です」

「す、すみません」

——しまった、また独り言を聞かれちゃった。

恥ずかしさを感じつつ楓が振り返ろうとすると、丸眼鏡《まるめがね》にスーツ姿の女性がぬっと隣に現れた。楓よりも背が低いが、表情や立ち姿から、ただ者ではない雰囲気が伝わってくる。

「あ、あの……、あなたは」

「本日付でこの地区のエリアマネージャーになりました、荻窪《おぎくぼ》です」

荻窪はきびきびした口調で言った。お辞儀《じぎ》をすると、丸く切りそろえられた短い髪に天井の照明が反射して光っている。その様子がシイタケの甘煮にちょっと似ていて、楓はつい挨拶《あいさつ》を返すのが遅れてしまった。顔を上げた荻窪が、怪訝《けげん》そうに眉《まゆ》をひそめる。

「なんですか、人をシイタケのバケモノみたいな目で見て」

「い、いえっ！　私……ぜんっぜん、そんなこと思ってません」

「そうですか」

荻窪はつーっとテーブルに指を滑らせ、眼鏡の奥の目を細めた。

「ちょっといいですか」と、通りがかった他の店員を呼び止める。

「ここ、お掃除《そうじ》してもらえますか？　少し油でぬるっとしています」

「は、はい!!」

店員がダスターを取りにバタバタと厨房《ちゅうぼう》の奥へ走っていく。荻窪はバッグから取り出したハンカチで指を拭《ぬぐ》い、店員が戻ってくるまでの一部始終を見ていた。店内では走らない、と後で注意するつもりなのが丸わかりだ。

一方、楓は依然として混乱していた。

「マネージャー？　って、え、目黒《めぐろ》さんは？」

「目黒は別店舗《べつてんぽ》で女性問題を起こして退職しました」

楓はぽかんと口を開けた。

——どういうこと？　目黒さんがたぶらかしてたのって、私だけじゃなかったんかーい！　あのトリプルうんこめ。

「社員の方はどなた？」

荻窪の質問に、楓はハッと我に返った。

「はい……。私です、けど」

嫌な予感がして、思わず背筋を伸ばした。

荻窪は目でぶつ切りの鶏肉を示す。

「そちら終わりましたら、お話しできますか？　この店舗の売り上げ減少について」

「……へ？」

——店舗の売り上げ？

そんなもの、目黒には一度も聞かれたことがない。いつもだいたいの数値を提出するだけで、他には何も言われなかった。

唖然《あぜん》とする楓を前に、荻窪はぴしりと言い放った。

「前のマネージャーがどうだったかは知りませんが、私は厳しくいきますよ」

レンズの奥の、きゅっと吊り上がった目が楓を見つめる。

「……はい」

楓はすくみあがり、超特急で唐揚げ用の鶏肉の処理の続きに取り掛かった。衣を付け、油を用意する。設定温度を間違えたことに気づかずフライヤーを触ったら、めったにしない火傷《やけど》を手に負ってしまった。でも、冷やしている場合ではない。

「終わりました。あの……一旦、外に出ますか？　ここ狭いんで」

「いえ、こちらでお話ししましょう。その方が時間短縮になります」

荻窪に促され、楓は厨房内の椅子《いす》に腰を下ろした。

「これ、同地区内店舗の個別売り上げデータです」

楓の向かい側に座った荻窪は、バッグから分厚い紙の束を挟んだファイルを取り出した。そのまま手渡してくる。

「……えっと」

どんな反応をすればいいのかわからず、楓はただ受け取ったファイルのページをめくり、資料に目を落とした。店舗や商品ごとの売上数がグラフで示されているけれど、一体、これをどうしろというのか。

楓の考えていることを感じ取ったのか、荻窪は指に力を込めて「これ」と資料を示した。有無を言わせぬ表情で告げる。

「一つにまとめて、比較データを作ってください」

「……えっ、私が、ですか？」

「本来なら私の仕事ですが、この店の現状を把握《はあく》してもらうためにご自身で作成していただきます」

「私が、ですか⁉」

　楓は再度尋ねた。

　――こんなの、とてもじゃないけどできないに決まってる。そもそも、データってグラフ？　グラフってどうやって作ればいいの？

「導き出したデータから売り上げ改善分析もレポートお願いします」

「で、でも私、こういうのまとめるの苦手で……」

「明日、お休みですよね」

「あ、はい」

「では出勤扱いにしますので、明日はご自宅で作業をお願いします。明後日までに」

「え、明後日まで⁉」

「そうです、何度も言わせないでください。はい解散！」

「えええええ、無理……」

　楓にぐいっとファイルを押し付け、荻窪はスタスタと去っていった。楓は思わず盛大なため息をついた。

　――こんな仕事、今まで一回もやったことないよ……。

へなへなと、肩から力が抜けていくのを感じた。

○

疲れていると、家までの道がいつもの何倍も長くなったように感じる。

楓は夜道をふらふらと歩いていた。

——今日はもう、このまま眠ってしまいたい。でも帰ってからすぐにレポートを作り始めないと、絶対に間に合わなくなる。それくらいわかっている。

「か〜え〜で〜」

聞き慣れた声に呼ばれて顔を向けると、街灯の下を歩いてくるハルと目が合った。何やら巨大な箱をいくつも両手に抱え、なんとかバランスを保っている状態だ。

「帰り？」

「ハルも？」

「おう！」

ハルは元気よく答える。ピカピカの笑顔が眩《まぶ》しかった。

「や〜、労働って素晴らしいな」

ハルはちらちらとこちらを見て何か言いたげだが、楓は疲れ果てていてそれどころではない。

「さいですか……」

「ほら楓、見て見て見てこれ、オードブルってやつ」

「うん……」

へとへとの楓とは対照的に、ハルは今にも鼻唄を歌いだしそうだ。

——どうしていっつも、ハルはこんなに楽しそうなんだろう。

楓は腹が立つどころか、なんだかうらやましくなってきてしまった。

「これ、バイト先でもらってさぁ。俺って結構、頼れる男なわけよ」

腕の中で山積みになった箱を顎《あご》で示し、カッコつけてバチッとウインクを決めてくる。

楓は黙って受け流した。

「……なあ」

自然と並んで歩き出したところで、ふいにハルが足を止めた。

「楓、どうした？　なんかあったか？」

「……え」

楓も思わず立ち止まってしまった。

——前髪の時も、雷の時も、そして今も。ハルはいつも妙にタイミングよく手を差し伸べてくれる。

優しくされると、決めたはずの覚悟が揺らぐ。叶うはずがないのに、また吹っ切れなくなってしまう。

楓がうつむくと、ハルは「ヤなことあった時の顔だろ、それ」と、さらに声をかけてきた。

足音が近づいてくる。

「別に何でもない！」

楓はとっさに手で顔を覆《おお》った。

——言えない。言えるわけがない。行動を起こしもしないで、文句なんか言えない。それに、好きな人に仕事の愚痴《ぐち》なんて聞かせたくない。

本当は、ハルの前ではいつもご機嫌な私でいたいのに。どうして怖がったり、落ち込んだりしているところばっかり見られてしまうんだろう？

ハルの足音が止まって、楓は顔を上げた。ハルは心配そうな表情を浮かべている。その目をまっすぐ見つめることができずに、楓はまた顔をそむけてしまった。

「……私、クリーニング屋に寄ってくから。じゃあね」

「そう、かよ……」

ハルはまだ何か言いたげに煮え切らない返事をしたが、すぐに「あ、楓！」と、何かを思い出したように大きな声を上げた。

「これ、楓の母ちゃんに！」

ハルが大きな箱の陰から出したのは、小さなブーケだった。柔らかい色合いの花びらが、街灯の明かりを受けて優しく光っている。

「……ありがと」

楓が受け取ると、花々を包んでいるセロファンが軽い音を立てた。

山積みになった箱を持ったまま、ハルは軽く伸びをする。

「さぁ～、帰って掃除《そうじ》すっかぁ～！　ちゃんとした大人は自分のことは自分でやんねぇとな！」

スキップしながら去っていくハルが角を曲がって見えなくなるまで、楓はその後ろ姿をじっと見つめていた。

――覚えてくれてたのかな。今日、お母さんの命日だって。

高校生の時のことを思い出して、じわりと目に涙が滲《にじ》んだ。

母親が亡くなってしまったことは今でも悲しい。悲しくて仕方がない。けれどあの時を思い出すと、同時に胸を貸してくれたハルのことも蘇《よみがえ》るから、いつも前を向いていられた。友達や家族の前で笑っていられた。

——感情を押し殺していた私に、泣いていいと言ってくれたハル。あの日から、私はもっともっとハルのことを好きになった。

家に帰った楓は、すぐに母親の写真の前にブーケを手向《たむ》けた。チェストからノートパソコンを引っ張り出し、テーブルの上にスタンバイさせる。椅子に座り、ハルにもらったぬいぐるみを抱きかかえた。深いため息をつく。

ハルのこと、伊織《いおり》のこと、仕事のこと。一個一個ちゃんとしたい。なのに完全なキャパオーバーだ。

でもきっと、世の中のほとんどの人たちは、これ以上のことを抱えていても全部きちんとこなしているに違いない。

——どうして私には、それができないんだろう。

なんか凹《へこ》むな、と、また少し落ち込んだ。パソコンから目をそらすと、棚《たな》の上に飾った数枚の写真が見える。どれも幼馴染《おさななじみ》四人で、小さい頃に撮ったものだ。

無邪気なハル、落ち着いた伊織、おてんばな美桜《みお》。そして、三人の後ろで恥ずかしそうに笑っている私。

性格は昔と変わらないはずなのに、みんな考え方も見た目も大人になった。四人の関係だって変わり始めた。でも私は、それを素直に喜べない。変わりたいけれど、変わりたくないと思う時もあるのだ。

こんなことなら、大人になんかなりたくなかった。

ずっと子どものままでよかった。

「……てかこれ、まだ使えんのかな？」

祈るような気持ちで、楓はパソコンの電源ボタンを押す。

息をつめて見守っていると、数秒後、ピューンというかすかな起動音と共に画面が灯った。

「あ！　点いた」

しかし喜びもつかの間、何やら怪しげなウィンドウが一つ表示される。

【〈システム警告〉このコンピュータはセキュリティシステムが破損しています】

「え!?」

慌てふためく楓をよそに、ウィンドウがまた一つ増えた。それを読み終える間もなく、また一つ、二つ、三つと表示される。どんどん増え続ける。

【危険！】

【ウイルスが検出されました】

【警告】

【ネットワークの接続状況を確認してください】

慌ててシャットダウンのボタンを探すも、ピコンピコンという通知音は鳴りやまない。

楓は泣き出しそうになった。

「え、なに、これ……!?　なになにぃ～!?」

パニックのあまり、ぬいぐるみを放り出してしまう。

その時、テーブルの上に置いていたスマホが鳴った。楓は何も考えずに飛びつき、応答ボタンを押す。

「もしもしぃ!?」

『あ、楓。ご飯食べた？　遅いけどまだなら一緒に』

電話をかけてきたのは伊織だった。

楓が何から話せばいいのかわからずに混乱していると、『何この音』と尋ねられる。どうやら伊織の耳にも通知音が聞こえたらしい。

「ごめん、パソコンが変になっちゃって……。今日は仕事あるから、ご飯はまた今度」

『大丈夫？　今、行くよ』

え、と迷いが声に滲《にじ》んだけれど、考える前に思わず「ほんとに?」と訊き返してしまう。

伊織の申し出が、天からの助けに思えた。

――でも。

「いいよ、悪いし!　それにハルが、部屋の中に誰も」

言いかけて、あっと楓はすぐに口を閉ざした。なんとなく、伊織にはハルの頼みごとについて話さない方がいいような気がした。

『……ハルが、部屋の中に誰も入れるなって?』

伊織に言い当てられる、ああ、と楓は小さく息をついた。やっぱり、伊織には隠しごとなんてできっこない。

「……バカだよね。別に言うこと聞く筋合いもないのに」

伊織は黙っている。

「ごめんね。伊織もそろそろうんざりしてるだろうし、パソコンは自分で何とかするよ」

『うんざりなんてしてない。楓に頼ってもらえない方が嫌だ』

楓は小さく息を呑《の》んだ。

「……伊織?」

そっと呼びかけてみる。

『部屋の中に入らなきゃいいんだろ?』

優しくて賢い幼馴染《おさななじみ》はそう言った。

「え?」

訊き返す間もなく通話は切られた。一体、何を考えているんだろう。

○

伊織は三十分後にやってきた。しかもなぜか、車のフロアマットを小脇に抱えて。

「え、ちょ、伊織……なんでそんなの持ってるの?」

楓が尋ねると、伊織はフロアマットを玄関先に広げる。

「これで、部屋に上がったことにはならないから」

そう言ってフロアマットの上に立ち、靴箱《くつばこ》の上に置いた楓のパソコンを操作し始めた。

楓はグラスにお茶を注いだ。

「部屋には入ってないって……一休《いっきゅう》さんか」

「ん?」

「あ、いや、これ」

楓がグラスを差し出すと、伊織は「ありがと」と言って受け取った。そのまま、指でパソコンの画面を示す。

「とりあえず余分なもの消して、セキュリティソフトを更新しといたから」

「え、この短時間で⁉　伊織凄《すご》っ！」

「別に凄くなんか……ところで楓、このパソコン、何に使うの？」

「会社でこのデータ処理して、レポート出すんだ」

楓は棚に置いていた資料のファイルを見せた。

「ふうん……」

伊織はぱらぱらとファイルのページをめくり、グラフに目を通している。

「手伝うよ」

「や、もう充分！　これ以上は申し訳なさ過ぎて」

楓は反射的に断ったが、伊織は首を横に振る。

「……楓の手に負えるとは思えない」

「そ、それは」

「俺、データ入力なら一時間もかからないから」

「うっそ、伊織天才！」

思わず声を上げた楓は「……じゃなくて」と、すぐに己に突っ込みを入れた。

「……伊織、なんで？」

「ん？」

「なんで私なんか……だって私パソコンもウイルスだらけで、ハルのことでグジグジして伊織を部屋にも上げないひどい奴だよ？」

言葉にしたら、もっとわからなくなってしまった。どうしてこんなに素敵な人が、こんな私のことを好いていてくれるんだろう。

「天才で完璧《かんぺき》な伊織なら、もっといい人ゴマンと」

「覚えてる？　俺が太ってたの」

静かな声に遮《さえぎ》られた。急に何を言い出すのかと思えば、伊織はいつもの微笑《ほほえ》みを浮かべている。

楓もつられて頰《ほお》を緩《ゆる》めた。

「覚えてるもなにも！　毎日見てるよ」

そう言って、写真立てに飾られた写真を示す。小学生の頃の伊織は、まんまるな体とぷくぷくしたほっぺが可愛らしい。

「懐かしいなぁ。カナダから転校生が来る～って大騒ぎになってさ」

伊織はフッと笑った。

「で、やってきたのが肉団子で」

「肉団子って」

「美桜なんか、今でも俺のこと帰国デブって呼ぶから」

伊織の淡々とした言い方と言葉のギャップがおかしくて、楓は思わず笑い声を上げた。

「それは、美桜だから許されるやつだね」

伊織は小さく頷《うなず》く。

「みんながからかう中、楓は一度も俺のことバカにしなかった」

そう言って、遠くを眺めるような目つきをした。

楓も当時のことはよく覚えている。転校してきたばかりで一人ぼっちだった伊織に「学校案内するから行こう！」と声をかけたのだ。

丸々としたわがままボディで日本にやってきた伊織は、環境と食生活の変化のせいか、しばらくすると見違えるほど痩《や》せた。

「あれ、伊織くんかっこよくない？」

「顔はいいって思ってたんだよね～」

「わかる～！」

クラスの女の子たちは大騒ぎしていたけれど、そんなこと、楓は気にならなかった。どんな見た目をしていても、伊織は伊織だ。優しくて賢い。それは変わらない。

「今日の給食カレーだって知ってた？」と、小さなことを話題にするうち、二人は徐々に仲良くなっていった。

「デブでも痩せても、楓は俺をちゃんと見ててくれる。楓がいてくれたから俺は毎日が楽しいし、今も心の支え」

今、大人になった伊織はそう言って笑う。

楓は言葉をなくした。

――知らなかった。伊織にとって、自分がそんなにも大きな存在になっていたなんて。

自分を見つめる、伊織の目を見つめる。私を見る時の伊織の目は、なんて柔らかい色をしているんだろう。これはきっと、愛《いと》しいものを見る時の目だ。好きで好きでたまらないものを見る時の目だ。

そして私は、ハルを見る時に同じ目をしているんだろう。

「俺が楓のことを好きな理由、もっと言おうか？　笑うと可愛いところ、泣いても怒っても可愛いところ、素直すぎて嘘がつけないところ、食いしん坊なところ。ハルに一途《いちず》で健気《けなげ》なところ……」

みるみるうちに、顔が熱くなっていく。もうやめて、と楓は止めようとした。それより先に、伊織が再び口を開いた。

「だから……ハルのこと、楓がすぐ忘れられるとか思ってない。まぁ嫉妬《しっと》はするけど」

「え、嫉妬⁉　全然わからないけど」

「悟られないようにしてるだけ。楓によく見られたくて、大人ぶってるだけだよ」

「……そう、なんだ」

それでもやっぱり、私にはわからない。けれど伊織が言うからそうなのだろう。

楓は納得することにした。

「だから俺は別に完璧じゃないし……楓は、『私なんか』なんて言わないでほしい」

「……はい」

「データ、入力してもいい？」

「……お願いします」

楓はぎこちなく頷いた。

カタカタとブラインドタッチでレポートを作成していく伊織は、きっと誰が見てもパーフェクトでかっこいい。けれどその背中を見ていると、また悲しいような気持ちになった。

これだけ素敵な人に好きだと言われても、私はまだ、ハルのことを諦められない。

——伊織、ほんとにありがとう。

言葉でそう伝えることしか、自分にはできないのだと思った。

○

「これで大丈夫かな」

数時間後、伊織にパソコンの画面を向けて尋ねられる。

「大丈夫も何も！　これならマネージャーも絶対文句言わないでしょ！」

楓は目を輝かせた。

「ありがとう、伊織！」

「俺はデータと、楓の意見をまとめただけ」

「そんな！　伊織がいなかったら、今頃まだパソコンピーピー言ってたよ……」

苦笑しつつ窓の外を見た楓は、「って、え、もう朝!?」と目を見張った。青い空からまぶしい日差しが降りそそぎ、小鳥がチュンチュンさえずっている。

「じゃあ俺、帰るよ」

伊織は立ち上がり、両手で丁寧《ていねい》に車のフロアマットを巻いて小脇に抱えた。

「え……伊織、これから仕事だよね？」

楓の胸に、申し訳なさがこみあげてきた。結局、徹夜で私のタスクを手伝わせてしまった。

「今日は出張だから新幹線で寝る。いつも仕事でこんな生活だから気にしないで」

「でも、ずっと玄関に立たせたまんまで」

私と、ハルの問題に巻き込んでしまって。

「ずっと楓といられて嬉しかった。だから寝な？」

伊織は口元をわずかに緩《ゆる》めて言う。

「……ありがと」

楓はつられて微笑んだ。

「改めて、お礼は絶対するから！」

「あ」

何かを思いついた表情で、伊織がジャケットの胸ポケットを探った。「じゃあこれ」と、何かを楓に差し出してくる。

受け取ると、何かのチケットのようだ。紙の上で、金色の箔押《はくお》しが光った。

「今度ハニワホテルでやる記念パーティー……俺が全部プランニングを任されてるんだ」

「え、伊織が!? 凄《すご》い！」

「楓がパーティーに来てくれたら嬉しい」

「もちろん！」

即答した後で、楓はふと考える。

「でも、それってお礼にならなくない？」

「なるよ。俺の仕事も、楓に知ってほしいから」

伊織が心の底からそう言っているということは、目を見るだけで、確かめなくてもわかった。

楓は頷き、チケットを胸に押し当てる。

「わかった、すっごいおめかししていく！」

「おめかしって」

伊織は小さく笑い、ドアに手をかける。

「見送りはここでいいから、早く寝なね」

「ありがと。伊織、お仕事頑張ってね」

「うん」

アパートの廊下《ろうか》に出た伊織は、ぎょっとして立ち止まる。

隣の部屋のドアの隙間から、黒いモヤに沈みかけのハルがこちらを睨《にら》んでいた。

「カ、か、楓の部屋で、ナ、な、何して!?」

伊織は眉をひそめた。

正直に話してやってもいいが、それは癪《しゃく》に障《さわ》る。自力で真実にたどり着けない奴に、楓は渡せない。

「……ハルには、絶対できないようなこと」

試しに、わざとはぐらかしてみると、案《あん》の定《じょう》ハルは愕然《がくぜん》とした顔をした。顔面がうるさいとは、きっとこういうことをいうのだろう。

「ありすぎてわかんねぇよ!」

「じゃあ想像にお任せする」

「な!?」

待ってくれよと追いすがられるのを予想して、伊織は歩き始めた。しかし数歩進んだところで、言い忘れたことを思い出して振り返る。

「そうだ、ハル」

「なんだよ」

「……俺、部屋の中には上がってないからな」

「へ?」

「お前との約束、楓は守ってるから……。てか、手を出す度胸もないくせに、楓を縛《しば》るのやめたら?」

「ど、ど、どういう意味だよ、それ!」

やめた。これ以上構っても、二人の恋の手助けをする羽目になるだけだ。

伊織はハルに向かって小さく舌を出して見せ、アパートの階段を下った。

「度胸がねぇんじゃねぇし、まだ準備が足りてねぇだけだし!!」

ハルの嘆《なげ》き声が追いかけてきた。

○

出勤後、楓は印刷したレポートを荻窪に提出した。

無言でページをめくる上司が何を考えているのか、その表情から読み取ることはできない。

荻窪が顔を上げるまで、楓はハラハラしてその様子を見ていた。

「……なるほど、持ち帰り改めて読ませていただきますが、よくまとまっていますね」

「ほんとですか？　ありがとうございます！」

楓は胸をなでおろした。

「加賀屋《かがや》さん、ちゃんとデータ処理できてるじゃないですか」

「それは……知り合いに手伝ってもらいまして」

「知り合い？」

荻窪が片眉を上げる。

楓は慌てて「あ」と手で口を覆《おお》った。嘘をつけないところも可愛いと伊織は言ってくれたけれど、仕事となれば話は別だ。

「やっぱり、社外の人間に売り上げデータとか見せるのダメでしたよね……。ごめんなさい」

「……私も無理を言ったので、今回は大目に見ます」

どうやら叱《しか》られずに済んだみたいだ。よかった。楓は肩の力が抜けるのを感じた。

「ありがとうございます。でも今回は、無理言ってもらってよかったかも、です」

なぜ、と荻窪が目で疑問を投げかけてくる。

「まとめたら、お昼のお客さんが減っていることがわかって。で、調べてみたら近所にお総菜屋《そうざいや》さんができていて、そこで安いお弁当が売られていて」

「……そっちに、お客様が取られていると」

「はい」

楓は頷《うなず》く。

「だから私、そこのお弁当、とりあえず全部食べてみたんです」

「全部？」

「はい、全部」

楓にとっては当たり前の行動だが、どうやら荻窪にとっては予想外だったらしい。

「全部……」と、独り言のようにまた呟《つぶや》いた。

「まぁ、よく言えばヘルシー……。でも味もボリュームも、完全にうちの店の方が勝っていて！　だから、うちもボリュームを抑えた安いお弁当を作るとか、割引クーポンを作るとかしたら、お客さんも戻ってくるんじゃないでしょうか」

荻窪は目をぱちくりさせた。この上司が表情らしい表情を浮かべるのを、楓は初めて見た気がした。

「……持ち帰って検討《けんとう》します」

「あ、はい」

「でも安心しました。きちんと楽しんでお仕事できる方なようで」

「あ……ありがとうございます」

褒《ほ》められた、のだろうか。

一瞬遅れて、楓は胸に嬉しさが湧き上がるのを感じた。

ep.6

ドレスを着ると、自然と背筋が伸びる。

今日は朝から丁寧《ていねい》にメイクをして、美容院で髪をセットし、お気に入りのアクセサリーをつけた。同じく着飾った美桜《みお》と二人で歩いていると、楓《かえで》はまるで自分がお姫様にでもなったかのような気がした。

「え、すっご～！」

空高くそびえたつ建物を見上げる。事前に場所を調べた時からなんとなくそんな予感はしていたけれど、どうやら今日のパーティー会場であるホテルは、国内随一《ずいいち》のレベルを誇る有名どころらしい。

「すごいところなんだね、ハニワホテルさん」

「あぁ、なんか仕事一筋のバリキャリ女社長が一代でバカでっかくしたって、なんかで見たわ」

美桜がホテルの内装を見回しながら呟く。

「バリキャリかぁ……」

自分とは縁遠い言葉だな、と楓は思った。

「てか美桜！　こんなホテルのイベント任されるとか、伊織《いおり》すごくない？」

「すごいけど腹立つから認めたくない」

「何それ」

「……なんか、ひたすら腹立つ」

美桜の言葉に、楓は思わず噴き出した。

エスカレーターを上り、パーティー会場のフロアに着いたところで、伊織の声が聞こえてきた。

「進行表の最終チェックは？」

楓と美桜がドアの陰からそっと覗《のぞ》くと、伊織はバインダーを片手に、部下に指示を出しているところだった。

「このオーナーの挨拶《あいさつ》の前にメンバーの紹介を入れておこう」

「はい」

「蓮見《はすみ》さん、こっちも確認お願いします！」

別の部下に呼ばれ、伊織が「今行く」と体の向きを変える。サッと隠れた美桜に後れを取って隠れ損《そこ》ねた楓は、ばっちり目を合わせてしまった。

「……やほ」

仕事の邪魔はしたくなかったけれど仕方がない。小さく手を振ってドアの陰から出る。

歩み寄ってきた伊織は、楓をじっと見つめると真顔で言った。

「楓……可愛い」

「え！」

「おめかし凄《すご》くいい。可愛い。楓、肌が白いからオフホワイトのドレスがよく似合うね。靴《くつ》もすごく可愛いし」

「ちょっと」

横から現れた美桜が、すらすらと褒めちぎる伊織を遮《さえぎ》った。

「饒舌《じょうぜつ》になんな。つぅか、私への感想は？」

「いや別に」

「埋めるぞ、元帰国デブ！」

楓は笑ったが、伊織は美桜の悪態を無表情で受け流して言う。

「二人ともどうしたの？　開演まで、まだ時間あるけど」

「ラウンジで茶でもしばこうと思ってな」

「邪魔しちゃってごめんね」

楓が謝ると、伊織は「邪魔じゃない、元気出た」と小さく首を振る。

「ちわ〜す！」

その時、唐突《とうとつ》に明るい声が聞こえた。

「花、どこに置けばいいすか？」

同時に振り返った三人の視線の先で、鉢植《はちう》えの花を抱えたハルが、パーティー会場に入ってくるところだった。

「ハル!?」

「はぁ!?」

ハルもこちらに気づいて、花を抱えたままズカズカと近寄ってくる。

「お前ら、なんでいんだよ？」

「こっちの台詞《せりふ》だ」

伊織も戸惑っている様子だ。

「俺は、トメちゃんにここのバイト紹介してもらってて……」

説明し始めてすぐ、ハルは何かに気づいた様子で三人を順番に指さした。

「って、あ、これ、また俺だけ誘われてねぇやつか！　お〜い、そろそろ泣くぞ？」

「……ハルがホテルでバイトしてるとか、聞いてないんだけど」

楓は軽いショックを隠して言った。

——ハルのことなら、なんでも知っていると思っていた。ハルもなんでも話してくれると思っていたのに。どうして教えてくれなかったの？

同じ場所にいるはずが、なんだか距離がとても離れてしまったように感じた。

「話す時間なかったろ。楓、最近掃除《そうじ》しに来ねぇし」

少し伸びた前髪を、ハルは鬱陶《うっとう》しそうにフッと息でどかして言う。悪びれずに答えるその様子に、楓はちょっとだけムッとした。

「……オカンしない奴には、教える義理がないと」

気づけば、不機嫌な声でそう言ってしまっていた。

一方のハルは、いつになく着飾った楓を素直に褒められずにいた。

「なにギレだよ！　つぅか、どうしたその恰好《かっこう》、ヤバくね？」

照れ隠しに声のボリュームを上げ、両手に抱えた鉢で自分の視界を塞《ふさ》ぐ。このまま楓のことを見続けていたら、顔がゆでダコみたいになってしまいそうだった。好きという自分の気持ちを認めてからというもの、楓が今までの何十倍も可愛く見えて困る。

――いや、可愛かったのは前からだけど！　なんでこんな偶然会う時に限っておしゃれしてやがるんだよ！　可愛すぎて目のやり場に困るだろ！　心の準備をする時間くれよ！

挙動不審になったハルを前に、楓はスッと目を細める。

「ヴァン？　私の恰好がヤバいってどういうこと？」

――しまった、俺としたことが。また言葉のチョイスミス。

このままだと、確実にもっと楓を不機嫌にさせてしまう。また険悪な雰囲気《ふんいき》になることだけは避けたい。だけどどうしても軽口以外の素直な言葉が出てこない。

「楓、ゴリんな。怖ぇな」

「うるさいな。……別に、ハルにどう思われようといいけど？　伊織は可愛いって言ってくれたし」

「なっ……」

二人のやりとりを横で聞いていた美桜が、やれやれと肩をすくめた。

「クソニブ同士が」

ハルと楓は顔を見合わせる。――ニブいって、誰が？

「蓮見さん、大変です！」

そこへ先ほどの伊織の部下が、息を切らして駆け込んできた。

「三人とも、ちょっとごめん」

そう言って、伊織は部下の後に続いて会場に設けられたステージの裏側へ回っていく。

ハルと楓と美桜は、ステージの影からこっそりとその様子を覗き見ることにした。

「本当にすみません……」

伊織の部下がうなだれている。肩が震えているところを見ると、どうやら泣いているらしかった。二人の前には、上質なシックスパックをタンクトップに包んだマッチョなダンサーたちが並んでいた。みな深刻そうな表情を浮かべている。

伊織が部下の肩を優しく叩きながら言った。

「俺も確認しなかったから……。泣くなよ。ミスは誰にでもあるんだから」

「すみません……」

部下が鼻を啜《すす》る音が聞こえる。

楓の隣から、ハルが何のためらいもなく一歩踏み出した。そのまま、すたすたと伊織たちの元へ向かっていく。楓と美桜も慌ててその後を追った。

「なぁ、どうしたんだ?」

「……ハニワの着ぐるみが届いてなくて」

伊織は珍しく沈んだ声で言った。

「ハニワ？」

「ここのオーナーがハニワ好きで、ハニワのダンスが見たいってオーダーがあって」

「すげぇ注文だな」

美桜が噴き出した。

「ハニワの着ぐるみを着たダンサーさんたちが、『ＭＣハニワー』の書き下ろしの曲に合わせて踊るはずで……」

説明が進むにつれ、隣に立つ部下はますます顔をうつむける。

「俺、オーナーに謝罪してくる」

伊織が小さくため息をつき、会場の外へ向かおうとした。

——待って。

楓は手を伸ばしかけた。助けてあげたい。伊織にはたくさんのことをしてもらった。感謝してもしきれない。だから今度は、私が役に立ちたい。

でも。

何をしてあげたらいいのかわからない。

「ちょっと待った!!」

突如として響き渡った声に、会場はしんと静まり返った。

「諦めるの早くね？」

腕組みをしたハルが、にやりと笑ってそう言った。

「こちらのミスだ。早く謝るに越したことは」

「だからミスにしなきゃいいんだって！」

伊織の肩をバシバシと叩き、ハルは明るい声で言う。その笑った顔は、昔から変わっていなかった。『大丈夫だって、俺がいるから』と、周囲の人を安心させる、不思議な力を持った笑顔だ。

ハルの言葉を聞いて、楓は自分が励《はげ》まされたような気持ちになった。

諦めるのはまだ早い。本気でそう思えてきた。

「そうだよ！　まだなんとかなるかも」

楓も思い切って言ってみると、伊織が目を見開いた。

「なんとかって……」

そんなの無理だろ、と瞳に困惑の色を滲《にじ》ませている。

「いいから、ほらみんな集まれ、ほら、おいでおいで！　みんなで円になって、肩組んで。なんとか乗り切るぞ～」

ハルが楓と伊織、美桜、ダンサーや伊織の部下を集めて円陣を組み始める。

「レッツゴー、ハニワダンサーズ!!」

「お〜っ」

「声が小さい！」

「お〜〜〜っ!!!!」

円陣の中で、全員が足を一歩踏み出した。音がそろう。

「いいじゃーん！」

手を叩いて笑うハルは、いつの間にかすっかりみんなのまとめ役になっていた。

「いや、高校生か」

伊織の突っ込みを聞いて、楓はふふっと笑う。

「サッカー部でもあんな感じだったね。ピンチの時はすぐ円陣組んで……。そうすると、不思議とみんな元気になってさ。伊織、覚えてる？」

「ああ、うん……」

「楓」

ハルが声をかけた。

「手伝え。怪獣ごっこだよ。昔やった」

「へ？」

楓は目をぱちくりさせてハルのことを見つめた。しかし数秒考えたのち、「わかった！」と大きく頷《うなず》く。

「行こう美桜！」

楓は美桜を呼んで駆け出した。

「え、ちょっと？」

戸惑いながらも、美桜も楓の後をついていく。

残された伊織は、ハルにぽんと肩を叩かれた。

「俺も役に立ちそうなもん買ってくるわ！　だから、伊織は自分の仕事に集中しろ！」

「でも」

「俺に任せろ!!」

引き止める間もなく、ハルの背中はあっという間に遠ざかっていく。自信満々なその後ろ姿を見送りながら、伊織は高校時代のことを思い出していた。

サッカー部で一緒に出た試合。

——技術だけなら、俺は誰にも負けなかった。

けれど気づけば、メンバーの中心にいるのはいつもハルだった。みんなに慕《した》われ、チームを一つにまとめていたのもハルだった。個人の技術だけでは信頼を得ることはできないのだと、伊織が気づいたのはハルがいたからだ。

——俺はきっと、ハルには一生敵《かな》わない。

心の中で小さくそう呟《つぶや》いて、伊織は会場を後にした。

今は仕事に集中しなければ。

○

楓と美桜は、大量の段ボールを抱えてホテルに戻った。パーティー会場のそばで、偶然ハルと合流した。茶色い塗料を買ってきた帰りだそうだ。

「楓！　そっちは任せた」

「はいよ！」

ハルの声に応えた楓は、迷わず段ボールを切断し始めた。

「あんたたち、こんな曖昧《あいまい》なやり取りでどうして伝わってるわけ……？」

驚いた美桜がハルと楓を交互に見る。

目の前の作業を終えた楓は、次に、ひときわ大きな段ボールを解体しようと手を伸ばした。ドレスの裾《すそ》がタイトなせいで身動きしづらい。

「も〜、うざったいなこれ」

楓は思い切ってドレスの裾を引っ張った。ビリッと音がして、生地が破ける。

「え!? ちょっとちょっと、あ〜あ……せっかくのおめかしが……」

美桜が隣で嘆《なげ》く。段ボールの解体作業が終わると、次は美桜の出番だ。

ハニワダンサー一同が固唾《かたず》を呑《の》んで見守る中、「こんなイメージね〜」と、目にもとまらぬ速さでデザインイメージを描いていく。おおーっという歓声に続き、盛大な拍手が沸き起こった。

「これくらい楽勝よ。デザイナーなめんな?」

得意げになる美桜を尻目に、今度はハルが「んじゃ、ダンサーさんたち、脱いでもらえます?」と指示を出した。

ハルと楓と美桜の三人は、幅が広いブラシを構えた。ダンサーたちのマッチョな体を、茶色い塗料でペイントしていく。

「冷たいっすか? ごめんなさいね。お兄さん、ガタイいいから塗りやすいっすわ!」

ブラシを動かしながら、ハルはダンサーと楽しそうに喋《しゃべ》っている。

一方の美桜は、自分が担当しているダンサーと、さっきから妙に距離が近い。

「ほら、次はここに塗っちゃう。くすぐったい?」

「は、はひ……」

あざとい顔で尋ねられ、ダンサーも満更ではなさそうだった。

ペイント作業が終わると、三人はダンサーたちにハニワの冠や腰飾りを装着していく。

「うん、大丈夫！　きっとうまくいくって！」

ハルの言葉に、楓と美桜も頷いた。

そこへ伊織が姿を現した。

「申し訳ありません。無理を言って」

「いや、着ぐるみ着て踊るより面白そうだし」

ダンサーの一人が答えた。

「じゃあ、結果オーライってことで！」

楓が明るく言うと、「だな！」とハルも同意する。

「てか楓、さっきも言ったんだけどさ。ハルのやりたいこと、あんな指示でよくわかったね？」

美桜に小突かれ、楓はへへっと笑った。

「小さい頃、こうやってお面を作って怪獣ごっこしてたから。そのことかなって」

「そう！　その通り。さすが楓」

ハルは嬉しそうに言い、美桜は「へ〜ぇ？」と意味ありげな相槌《あいづち》を打つ。

楽しそうに笑う三人を見ながら、伊織は自分の胸が鈍く痛むのを感じた。

——もしあの場を仕切ろうとしていたのが俺だったとしても、こんな以心伝心《いしんでんしん》なやり取りはできなかっただろう。

やっぱり、俺はハルに敵わないのか……。

「みなさん、急いでリハしちゃいましょ！」

部下の一人が手を叩いてそう言った。

○

リハーサルが終わると、瞬く間にパーティーが始まる時間になった。

ステージの上でハニワダンサーズが踊る様子を、四人は緊張の面持《おもも》ちで見守った。小学生の頃から、ありとあらゆるテストや行事も、一緒になって乗り越えてきたのだ。お互いが同じ気持ちでいるのが、手に取るようにわかる。アップテンポな洋楽に合わせて、ハニワダンサーズは息ピッタリのパフォーマンスを繰り広げていた。途中で曲調が変わり、ブレイクダンスの技が決まると、観客は手拍子をしながら驚きの声を上げる。

「……昔から、ハルに大丈夫って言われると本当に大丈夫な気がしてくるんだよな」

伊織がぽつりと言った。

「なんかわかる。すげぇ腹立つけど」

美桜が珍しく同意する。

ダンサーズが踊り終えてポーズを決めると、司会役の伊織はステージに上がった。

「ハニワダンサーズのみなさん、ありがとうございました！」

そう言って手を掲《かか》げると、客席から割れんばかりの拍手が沸き起こる。

「よっしゃぁ～!!」

ハルと楓は思わず抱き合った。その途端、お互いの体温や匂《にお》いや感触が一気に伝わってきて、我に返って離れようとする。

「痛っ！」

楓が小さく悲鳴を漏《も》らした。ハルのシャツのボタンに、髪が絡まってしまっている。

「あ、悪い！　楓、動くな、ちょっと待て。今ほどくから」

楓にそう言ってから、ハルはぎこちない仕草でボタンに手を伸ばした。引っ張ってしまわないよう、少しずつ丁寧《ていねい》にほどいていく。指先が震えた。楓の髪や体からいい匂いがして、頑張って理性を保たなければ、どうにかなってしまいそうだった。

「……や〜、でもまさか、ホントになんとかなるとはな。俺、めっちゃハラハラしたわ」

「あんな自信満々だったのに」

「ん〜、なんか楓がすぐなんとかなるって同意してくれたから、いけるかなって思えてさ」

「もう、なんでそんなことばっかり言うの」

楓が喋るたびに、声が振動となって直にハルへと伝わる。ドキドキするけれどずっとくっついていたいような、安心する響きだった。

「……私のこと、オカンとしか思ってないくせに」

楓は拗《す》ねたような声で言った。下を向いているから、表情はわからなかった。しかし耳が赤くなっていることにハルは気づいた。

「別に……思ってねえよ。そんなこと」

言いながら、愛《いと》しさがこみ上げてくる。抱きしめたくて、でも抱きしめる勇気が出なくて、腕をわたわたと振り回した。

「髪、取れた！　俺バイト戻るわ」

「うん」

名残《なごり》惜しさを振り切って、ハルはパーティー会場を後にする。

「……カリオストロか」

一部始終を見ていた美桜が、呆《あき》れたように呟いた。

○

パーティーがお開きの時間になると、客たちは次々に席を立ち始めた。少し早めにロビーに出ていた楓と美桜は、ソファに座ってその様子を眺める。

「美桜、ハル起きちゃうってば」

「起きないいんだって。昔からそうじゃん」

二人の隣には、ソファに横たわって爆睡中のハルがいた。きっとハニワダンサーズのパフォーマンスのために人一倍駆け回り、その後でバイトにも奮闘していたからだろう。美桜はティッシュを細くねじってハルの鼻に差し込んでいる。

「……寝てんの？」

通りがかった伊織が楓に尋ねた。

「うん、疲れたみたい。全然起きなくて」

「そっか」

「伊織もお疲れさま。お客さん、すっごい楽しそうだったね」

ねぎらいの気持ちを込めて、楓は伊織にそう言った。

「うちらへのお礼は後日たっぷりな」

「あぁ、わかってる」

美桜に答えながら、伊織は肩をすくめた。そのまま、楓の横に座る。

談笑しながらパーティー会場から出ていく人々の姿を、楓はしみじみした思いで眺めた。

——このお客さんたちの幸せは、プランニングをした伊織や、ハプニングの対処をしたハルや、手伝いをした美桜と私や、ダンサーさんたちや、その他大勢の人によって作られている。それって、とってもすごいことだ。一人一人の働きが集まって、何十倍もの笑顔が生まれている。

そしてそれはきっと、私のお弁当屋さんでの仕事も同じだ。

「……伊織、仕事楽しい？」

「ん？　あぁ」

どうしてそんなことを訊くのかと、伊織の目が問いかけている。

楓は言葉を続けた。

「この前手伝ってもらったレポート。マネージャーに見せたら、『楽しく仕事できる人でよかった』って言われて。あぁ～、そっか、私楽しかったのか～って、なってさ」

「どういうこと？」

　美桜が尋ねる。

「私、ハルがうちの店の唐揚げ好きって理由だけで会社を選んだから。正直、仕事に楽しさを求めてないっていうか。お給料さえもらえればいいっていうか」

「まぁ、その考えも間違ってないんじゃない？」

　美桜の言葉には迷いがない。

「そうなんだけど。これが仕事が楽しいってことなのかなって……。伊織の仕事を見てたら、なんか大人も悪くないのかもって思えて」

「そっか」

　伊織は静かに頷《うなず》いた。楓はハルの呑気な寝顔を眺める。

「私、今までハルのことで頭が一杯だったけど、少し隙間《すきま》ができて……。これから先、もしかしたら悪くない私になれるかもなって」

「楓はずっと最高だから」

　伊織の言葉に、楓は胸のあたりが温かくなるのを感じる。

「はいノロケんなー」

美桜が空気をぶった切るように言い、眠っているハルを揺さぶった。

「ハル！　ハル！　ほら、そろそろ起きろ！　ホテルに迷惑だろ！」

びくともしないハルにしびれを切らした美桜は、手に持っていたこよりを思い切り鼻の奥まで突っ込んだ。ハルが盛大なくしゃみをして飛び上がる。

「何すんだよ！」

「へーい、いい反応だね。起きた？　おはよう」

こよりを何度も突っ込もうとしてくる美桜の腕を振り払い、ハルは口元に垂れていた涎《よだれ》を拭《ぬぐ》った。

その時、何に気づいたのか、伊織がハッと立ち上がった。

「蓮見さん～！　お疲れ様」

コツコツと小気味いいハイヒールの靴音《くつおと》を立て、スーツにサングラス姿のゴージャスなご婦人が現れた。真っ赤な口紅を引いた唇で、にっこりと四人に笑いかける。

「ハニワのダンス、とてもよかったわ～」

「ありがとうございます。オーナー」

伊織が深々と頭を下げた。

「……これが噂《うわさ》のバリキャリか」

美桜がぼそりと呟《つぶや》く。確かにそれっぽい、と楓もひそかに納得した。

「は？　トメちゃん、このホテルのオーナーなの!?」

ハルが声を上げる。

「え？」

伊織が怪訝《けげん》な顔をした。どういうことだろう、と顔を見合わせる三人の前で、ハルは友達のようにご婦人に話しかける。

「すげぇ、トメちゃん。だからすぐ俺にバイト紹介できたんだ。ゴッドばあちゃんじゃん」

「オーナー、こいつとお知り合いなんですか」

伊織が口を挟んだ。

「はぁ？」

ハルが首を傾《かし》げる。

「何言ってんだ？　トメちゃん、蝶子《ちょうこ》さんの店の常連じゃん！」

「え？」

楓と伊織と美桜の脳内に、自分たちの知る「トメさん」の姿が思い浮かんだ。カウンター席でコーヒーを飲みながらにこにこしている、優しいおばあちゃんの姿だ。目の前のご婦人とは、似ても似つかない。

ポカンとする三人の前で、ご婦人がゆっくりとサングラスを外した。きらびやかに化粧《けしょう》をし、髪にもしっかりとパーマが当てられているが、紛《まぎ》れもなく、あのカフェの常連のトメさんだった。

「えええ……！」

「トメさん……いやオーナー、大変失礼いたしました」

「いいのよ。私、オンオフは使い分けるタイプだから。皆さん今日は疲れたでしょ。よかったら、今夜はうちのホテルに泊まっていって」

「いえ！　お気持ちだけで充分です」

伊織が遮《さえぎ》った。珍しく、声が上ずっている。

トメさんが首を横に振った。

「部屋の使い心地を調査しているところなの。モニターになったつもりで。ね、お願い」

「……そういうことでしたら」

「あ、ごめんなさい」

美桜が立ち上がった。「私は先約があるので」と、すたすた歩いていく。楓が目で追うと、その先には茶色いハニワメイクを落としたハニワダンサーズの一人が立っていた。

「おまたせ～」

「オッス！」

ダンサーの腕に自分の腕を絡めて、美桜はハルたちの方を振り返る。

「そういうことだからさ。三人はせっかくのいい機会だし、ゆっくり話し合いなよ。じゃ！」

そう言って、ロビーの人ごみの中へ姿を消した。

「……あいつ、いつの間に」

伊織が眉根《まゆね》を寄せて呟く。

一方、トメさんは目を輝かせた。

「あら、とっても面白い考え！　三人、同じ部屋で一晩中トークに花咲かせちゃいなさいよ」

「は⁉」

ハルが口を半開きにした。「いや、それは」と、楓も慌てて断ろうとする。

「あなた、ドレスも破れてるじゃない。あら～朝までに直しておいてあげるから……。ほら、三人とも移動開始！」

有無を言わせぬ口調のトメさんに背中を押され、楓と伊織は「あ、あの」と戸惑いながらも客室へ足を向ける。

　二人についていこうとしたハルを呼び止め、トメさんがこっそりとささやいた。

「ハルくん。今日はオオカミになるのよ」

「は!? え!? お、押し倒せってことっすか!?」

「違う、無理やりはダメ……。あなたに押し倒されたいって、あの子をそういう気持ちにさせるの。それが令和のオオカミよ」

　トメさんはおどけて「ワオ～ン♡」と両手を掲げてみせた。

「ワオ～ン……？」

　つられたハルも同じポーズをとるが、「いや、じゃなくて」とすぐに首をブンブン横に振る。

「俺、ム、ムードとか作るの無理だし！ それに、まだ王子には」

「じゃあせめて、王子になろうと頑張ってる、だからもう少し待ってて、って伝えなさい」

　いたずらっぽく笑い、トメさんはハルの胸に指を突きつけた。

「オオカミ宣言をして、あの子をドキッとさせるのよ」

「……よし。トメちゃん、俺頑張るよ」

　自分で自分の頬《ほお》を叩き、ハルは気合を入れる。楓と伊織を追いかけるべく、客室に向かって足を踏み出した。

○

トメさんが用意してくれた部屋は、おそらくこの世で一番天国に近い場所だった。

ドアを開けた瞬間、楓とハルは歓声を上げる。

「うわぁ～!?　なにこれ、城？」

「俺らんちの十倍ある！」

「夜景すごい！」

「うわー！　伊織も見ろよ！」

「ああ。……この部屋、多分一泊五十万円のスイートだ」

伊織からの情報に、楓とハルは「五十万!?」と声をそろえて驚く。

「すっごーい、お風呂ジャグジーだ……。あ！　金のハニワだ！」

バスルームのドアを開けた楓は、浴槽《よくそう》の縁にちょこんと置かれていたハニワのオブジェを撫《な》でた。

「ジャグジー!?　それは入るしかねぇな！」

後からやってきたハルが、意気揚々《いきようよう》とその場でTシャツを脱ぎ捨てた。

「おい脱ぐな！　バカ！」

楓が慌てて目をそらすと、部屋の中央にあるキングサイズのベッドが視界に飛び込んできた。

「あれ。ねえ伊織、寝室ってここだけ？」

「みたいだな」

「いやいや、ベッド一つしかないんだけど」

「……だな」

楓と伊織は沈黙する。ハルが何食わぬ顔で言った。

「じゃあ、三人で寝ればよくね？　ベッドでけぇし！」

「なんでだよ」

「嫌なら伊織はソファで寝ろよ。俺と楓はベッドで寝るから！」

「え」

——何それ！　ハルってば、なんで急にそんなこと言うの!?

「なら、俺もここで寝る」

「伊織まで……」

楓は頭を抱えた。

ジャグジーバスの湯に泡風呂《あわぶろ》の入浴剤を入れ、泡が立つのを待ってから、楓はざぶんと飛び込んだ。

——どうしよう。なんで三人で寝ることになっちゃったの!?　男の人と一緒に寝るなんて幼稚園の時以来だし……。

混乱で心が落ち着かず、ぶくぶくと泡に沈む。

バスローブを着て部屋に戻ると、ソファに腰かけたハルが、ハニワのオブジェを並べて遊んでいた。

「よし、できたぞ……。ハニワ、大集合！　前へ倣《なら》え！　もうちょっとこっちか……。このハニワちっちぇえな……。倒れる……」

「何してんの？」

楓が声をかけると、ハルは驚いて飛び上がった。伊織の姿はない。

「……伊織は仕事？」

「おう。って、なんでそんなエロい恰好《かっこう》で出てくるんだよ!?」

「なんでって……だって、ドレスで寝られないでしょ？」

「それはまぁ、そっか」

ハルは楓から目をそらして頭を掻《か》いた。

「んじゃ、俺も風呂入ってくる」

そう言って立ち上がる。これ以上はバスローブ姿の楓を見たらダメだと、直感的に思った。

○

──昼間はドレスのせいでいつもより可愛いのかと思ったけど、やっぱどんな恰好でもハイパー可愛いじゃねえか！　さっきも、思わず抱きしめそうになっちまったし……。

浴槽に飛び込み、ハルは自分の髪をぐしゃぐしゃに掻き回した。

──今あいつと並んでベッドで寝たら、俺、頭おかしくなるかもしれねえ……うんこなオオカミになるかもしれねえ！

「でも今、俺があいつを好きだって言い出したら、それって、ただのエロ野郎みたいじゃね～!?」

　一方の楓は、寝室で自分が身に着けたバスローブを見下ろしていた。

　――ハルってば、すっごい動揺《どうよう》してるように見えたけど。この恰好ってそんなにおかしいかな？　そもそも、おかしいといえばこの状況は何!?

　いくら幼馴染《おさななじみ》でも、ハルと伊織は男の人だ。二人と一緒に寝るなんてありえない。

「決めた。私はソファで寝よう」

　楓は堅く心に誓った。

　今日の寝床が決定したのは良しとして、けれどせめてちょっとだけ、豪華なベッドの寝心地を味わってみたくなった。ハルがお風呂から戻ってくるまでの間なら、誰にも迷惑は掛からないし大丈夫なはずだ。

「とりゃ！」

　思い切って、楓はベッドにダイブした。柔らかなマットレスに、ふわっと体を受け止められる。

「わぁ、フカフカ最高……」

　思わず至福の独り言が漏《も》れた。

　――そう言えば美桜に、いい機会だしゆっくり話し合えって言われたけど。一体、何を話せっていうの？

ベッドの上を縦横無尽《じゅうおうむじん》に転がりながら考える。

――例えば。

「私ってば二十年間ずっとハルのことが好きだったけど、もう諦めて伊織と付き合うか迷ってるんだよね～」

――って、無理無理！　そんなの、本人たちの前で言えない。それにそんなこと口にしたら、私、最悪の人間になっちゃうじゃん！　クソ重クソダメ女じゃん！

ため息をついてベッドから起き上がると、

「どこに行くつもり？」

頭上から声がした。

顔を上げると、ハルと伊織が目の前に立っている。いつの間にお風呂から上がったのか、二人ともバスローブ姿だ。

楓が動けずにいると、「さ、寝るぞ」とハルがシーツに手をついた。

「だな。今日は疲れたし」

伊織もあとに倣う。

「あ、私まだいい！　眠くないから」

急に理解が追いついてきて、楓は逃げたくなってしまった。両サイドからベッドに入ってくる二人の間を、何とかすり抜けようとする。

「楓、まだ眠くないの？　なら俺が寝かしてやるよ」

ハルに行く手を塞《ふさ》がれた。優しく押し倒され、流れるように腕枕される。

「じゃあ、俺も」

今度は伊織が反対側から手を伸ばしてくる。

「ダブル腕枕!!」

ハルが嬉しそうに言った。

右を向いても左を向いてもハルと伊織の顔がすぐ近くにあって、楓はカチコチになってあお向けに天井を見つめるしかない。

「ちょ……二人とも、ちょっと待って。これ、どういう状況!?」

「今日はこのままでいいじゃん」

「俺らに甘えろよ」

両耳にささやかれて、楓は何も考えられなくなった。自分の頭が徐々にぼんやりしていくのを感じる。

「でも、私……」

「また明日から色々悩めばいーじゃん」

「とりあえず寝れば？」

——確かに、二人の言う通りだ。今日はもう眠って、難しいことは、明日また考え直せばいいかな……。

「おやすみなさい、お姫様」

楓が目を瞑《つむ》ると、ハルと伊織の声が重なって聞こえた。

○

「そんな〜、お姫様なんて……」

幸せな夢を見ている楓を、幼馴染の男たちは微笑みながら見ていた。

「はは、すげぇな寝相。どんな夢見てるんだよ」

ハルがスマホで写真を撮ろうとすると、伊織がそれを遮って楓に優しく布団を掛ける。じっと牽制《けんせい》し合った二人は、やがてどちらからともなく別室のソファに移動して腰を下ろした。

「で……、どうする。一杯飲むか？」

「好きだ」

脈絡のない返事をしたハルに、伊織は目を瞬く。

「好きだぞ、俺は!!」

ガバッと立ち上がったハルのバスローブがはだけた。

「前隠せよ」

伊織が呆《あき》れたように呟《つぶや》く。

「ごちゃごちゃうっせぇぞ伊織。だから俺は好きだ、楓が！　楓が、大好きだー!!」

「……それ、俺に言ってどうする」

ハルは再び大声で叫ぶ。

「うっせえ！　千円が復刻みたいなやつだよ！」

「それを言うなら宣戦布告だな……」

伊織はため息をついた。

「ナイトは、姫に恋しないいんじゃなかったのか」

「な、ナイト兼王子になることにしたんだよ！　二刀流だ！」

「お前、俺が楓と付き合いそうになってるから焦ってるんだろ？　今まで何もしなかったくせに」

図星をさされ、ハルは何も言えなくなる。

「……俺も大好きだよ、楓が」

伊織はぽつりと言った。

「選ぶのは楓だけど、俺はお前より楓を幸せにする自信がある」

言い返せない悔《くや》しさを表情に出したハルは、どっかりとソファに沈み込む。

「……そう、なんだよな。正直言って、俺より伊織の方がお似合いだよ……。だってお前、完璧《かんぺき》だもん」

心の中でネガティブな感情が膨《ふく》れ上がると、足元からまた黒いモヤが立ち上ってくるような気がする。

「俺も完璧になろうと思って頑張ってたけど、俺がやってたことって結局、バイト頑張っただけだし……。俺なんかじゃ、いつまでも楓の王子になれない」

「……お前まで、『なんか』とか言うのかよ」

「へ？」

ハルが顔を上げると、伊織は目のあたりにかすかな怒りを滲《にじ》ませていた。

「今日は本当に助かった。ハルがいてくれてよかった」

「伊織……」

「お前はいい奴。いい男だよ。楓の隣を譲《ゆず》る気はないけど、お前も言い訳せずに」

「ったく、そ～いうとこだよぉ～！」

ハルは思い切りのけぞって叫んだ。「は？」と、伊織が怪訝《けげん》そうに訊き返す。

「伊織の完璧さ！　ライバルにもフェアで優しくて、さっきも楓にサッと布団かけちゃってさ～！　やっぱり、俺って王子の器《うつわ》じゃないんだよ」

「じゃあ諦めるの？　楓のこと」

伊織が尋ねると、ハルはしゅんとして下を向いた。

「……諦めるも何も、俺、なんもしてないから。俺……お前と楓、どっちにも幸せになってほしいし」

ハルの弱々しい言葉に、伊織はふっと眉間《みけん》の力を抜いた。

「俺も、お前にそう思ってるよ」

ハルは驚いて顔を上げた。優しくて賢く、王子にふさわしい幼馴染《おさななじみ》のことを見つめる。

伊織は言葉を続けた。

「で、どうすんの？　本当に諦めんの？」

「……そりゃ、諦めたくねぇけど。……でもわかんねぇよ、そんなの！」

ハルは頭を抱えた。かっこよくライバル宣言でもできたらいいけれど、相手がよりによって完璧な伊織じゃ、せっかくかき集めた勇気と自信もなくなってしまいそうだ。伊織に勝ちたい。でも今のままでは勝てない。どうすればいい？　このまま考え続けたら、頭から湯気でも出てきそうだ。

伊織への感心とか、悔しさとか、何もしてない自分への焦りとか。感情がいっぱいいっぱいになったハルは「俺、もう寝る！」と宣言し、ソファに横になった。

○

翌朝、目を覚ました楓は、自分が一人きりで広いベッドに横になっていることに気づいた。申し訳なさでいっぱいになりながら、ダイニングルームへ向かう。

「……ごめんね、昨日はベッド占領して」

顔を合わせるなり楓が謝ると、「大丈夫、ソファも俺の家のベッドより広かったから」と言って伊織は肩をすくめる。なぜか大きな給仕用のワゴンを押して、廊下《ろうか》から部屋に入ってくるところだった。

「これ、オーナーのサービスだって」

ワゴンには、何品もの豪華な朝食の皿が載せられている。バターがたっぷり入ったクロワッサンの香りが、こちらまで漂ってきた。

「おいしそ〜!!」

楓は歓声を上げた。

「って、あれ、ハルは？」

「先帰るって」

「え」

——帰るって、私に何も言わずに？

どうしたんだろうと、楓は首を傾《かし》げてワゴンの皿を見つめた。

○

一方のハルは、ロビーで半泣きになりながら美桜に電話をかけていた。

どうやら美桜は、意気投合《いきとうごう》したダンサーと共にハニワホテルに部屋を取っているらしい。

『はあい』と、あくび交じりの声で電話に出た。

「なあ……。俺、やっぱり伊織に勝てる気がしねぇよ……」

『ふーん。で、尻尾《しっぽ》巻いて逃げ出したの？』

美桜の問いに、ハルはしょんぼりして答える。

「だって俺……伊織みたいにちゃんとしてねぇし。梱包力《こんぽうりょく》もねぇし」

『ん？　包容力のこと言ってる？』

「あぁ、そうだ包容力……。大人の男って、それがいるんだろ？」

『前時代的すぎて引くわ！　あんたは無理にそういうのやんなくていい。男らしさとかあんたに求めてないから。トキシック・マスキュリニティから解放されなよ！』

「トキ？」

ハルはぽかんとして繰り返す。

「む、難しいこと言うなって！　俺にもわかるように言え！」

『だからぁ……』

美桜は深々とため息をついた。

『つまりアンタは餃子《ギョウザ》の皮じゃなくて、楓って皮に包まれてる餃子のアンになりなってこと！』

「ぎょ、ぎょうざ!?」

わけもわからずオウム返しするハルに向かって、美桜は饒舌《じょうぜつ》に語り始めた。

『美味《おい》しいアンがなきゃ、美味しい餃子は作れないでしょ。あんたに必要なのは包容力じやなくて、楓の人生を一緒に最高に素敵なものにする覚悟。わかる？』

「……多分」

『っていうか、いいの？　楓と伊織を二人っきりにして。しかも、ホテルのスイートルームで！』

「……でも、朝だし」

『朝とか関係ないでしょ？　大人の男女が盛り上がっちゃったら。ね〜、たけし』

そう言った後で、美桜は急にくすぐったそうに笑い始めた。そのさらに向こうで、あのハニワダンサーの声が聞こえる。

『みお〜』

『たけし〜』

『みお〜♡』

ビデオ通話ではないにもかかわらず、ハルにはダンサーといちゃつく美桜の姿がありありと想像できた。

——まずいまずいまずい。もし楓と伊織が、こいつらと同じようなことをし始めたら……。

「そ、そ、それは、やっぱヤダ！」

勢いをつけて立ち上がり、部屋に戻るために走り始めた。

全速力で前に進むハルは、スマホに新たな着信が届いていることに気づいていなかった。

○

一方の楓は、豪華な朝食を食べながらスマホを操作していた。お行儀《ぎょうぎ》が悪いけれど仕方ない。

「も～、ハルってば、なんで全然電話に出てくれないの？」

「……行ってきたら？　呼び戻したいんでしょ、ハルのこと」

向かい側に座る伊織が言った。核心を衝《つ》かれて楓はうつむく。ここで嘘をつくのもよくないと思った。

「ごめん、伊織。あいつ多分、最近全然まともなご飯を食べてないから……。こんなに美味しいものを食べられないの、もったいない！　ちょっと待ってて！　すぐ呼んでくるから！　ちょっと待ってて！」

楓は立ち上がって駆け出した。

○

「早く早く早く！」

楓が自分のことを探しに飛び出したとも露知らず、ハルはエレベーターのボタンを連打する。

——どうして全然動かねぇんだよ！　早くしないと、楓と伊織が盛り上がっちゃうだろ！

「……青山《あおやま》さん？」

後ろから声をかけられた。空耳かと思ったけれど、一応振り返ってみる。

パンを抱えた女性がそこに立っていた。長い巻き髪、大きな目、モデルのような華奢《きやしゃ》な体。見覚えのある顔だった。オフィスカジュアルな服装しか見たことはなかったが、今日は綺麗《きれい》な青いドレスを着ている。

「やっぱり！　青山さんだぁ」

「立花《たちばな》さん！」

「ええぇ、びっくり。あれ、髪型変えました？」

背伸びして手を伸ばされ、髪を撫《な》でられる。

その時ちょうど、エレベーターのドアが開く音がした。

「……え」

乗っていた楓と目が合った。

「へ、楓？　あ、や⁉」

ハルは慌てて立花から距離を取った。

「……ハル、そちらは？」

楓が尋ねる。

「え、彼女さんですか？」

答える前に、立花にも質問された。

「そんなんじゃねぇし！　ただの幼馴染《おさななじみ》！」

彼女という言葉にドキッとして、ついそう返してしまう。

「はい、ただの幼馴染です」

楓が立花に向かい、目を細めてそう言った。

「ただのって……」自分で言っておきながら、楓に改めて言われるとハルは地味にショックを受ける。

立花は、楓にぺこりと頭を下げた。

「初めましてぇ。私、青山さんには前の会社ですっごくお世話になったんですぅ」

「前の会社、ってじゃあ」

ハルが立花に尋ねる。

「はい。結局、辞めちゃいました。今は両親のパン屋さんをお手伝いしながら修行中で……。あ、ごめんなさい。せっかく青山さんに守ってもらったのに」

「いや、それは全然」

ハルが首を横に振ると、「守る？」と楓が怪訝な顔をした。立花は頷《うなず》く。

「前の会社で、上司からのセクハラがひどくて……。青山さん、私のこと守ってくれて」

「守ったなんて……そんな大層なもんじゃないっすよ」

前の会社にいた頃のある日、ハルは上司が無理やり立花の体を触っているのを目撃した。そして「セクハラとかうんこだ！　立花さんに謝れ！」と大声で止めに入り、逆上してつかみかかってきた上司を投げ飛ばしてしまったのだ。

「……それで、青山さんクビになっちゃって」

説明を終え、立花は申し訳なさそうに下を向いた。

「いやいや」ハルは顔の前で大きく手を振る。

「あいつのこと、俺も嫌いだったからつい。とりゃ！　ってしちまっただけで」

「辞める時はバタバタで、きちんとお礼もできなくて。だからずっと気になってたんです。……そうだ！　青山さん、この後お時間あります？　お茶でもどうですか？」

「え、でも」

ハルは迷った。

「そうしなよ」

楓が口をはさむ。

「どうせハル暇でしょ？　かわいい子じゃん。チャンスじゃん」

「はぁ？　いや、俺は」

——楓と伊織のとこに戻るつもりだったんだけど……。

最後まで聞いてほしかった。

けれど言い終える前に、楓に遮られてしまった。

「私と伊織は、ルームサービスゆ〜っくり楽しむから。じゃあね！」

「……そうかよ」

——なんで最後まで聞いてくれねえんだよ。

ハルは言葉を呑《の》み込んだ。

なんだかやるせなくなって、くるりと楓に背を向ける。

「行こう、立花さん」

「はい！　近くにすっごく素敵なカフェがあって〜」

二人で並んで、ホテルの出口に向かって歩き始めた。

一度、そっと後ろを振り返ってみたけれど、楓を乗せたエレベーターはすでに客室の階に向かって動き出していた。

ep.7

エレベーターの中で、楓《かえで》は悲しさのあまり膝から崩れ落ちそうになった。涙がこぼれないように天井を見上げる。

——そうか。ハルは私だけじゃなくて、いろんな人を助けているのか。私が特別なわけじゃないんだ。

高校生の時、一度だけ、ハルに彼女ができたことがあった。一つ年上の先輩で、巻き髪と淡い色のカーディガンがよく似合う、とても可愛い人だった。思えば、顔立ちも、雰囲《ふんい》気《き》も、さっきの立花《たちばな》によく似ている。

ハルとその先輩が手をつないで登下校していた日々のことを、楓は今でもとてもよく覚えている。あまりにショックが大きかったから、きっと、脳にはっきり焼き付けられてしまっているのだろう。忘れようとしても忘れられない。カーテンの裏で二人がキスしているのを目撃してしまったことだって、昨日のことのように鮮明に思い出せる。

——もうあんな思いはしたくない。後から話を聞いたら、ハルは先輩からの告白を断り切れずに仕方なく付き合っただけらしいけれど、それでも私がぐずぐずしていたせいで、ハルを取られてしまったことは事実だ。

なのにどうして、あんな不機嫌な態度を取ってしまったの？　私はハルのことが好きなのに、どうしてハルと他の子が仲を深める手助けをしたの？

楓は自分の手をぎゅっと握りしめた。部屋に戻り、美味《おい》しい朝食の続きをとっても気分は晴れなかった。


翌日、出勤してからも憂鬱《ゆううつ》は楓の心の奥底にどんよりと漂っていた。

「健康モリモリ弁当五人前、お待たせしました～」

接客中は、暗い顔をするわけにはいかない。空元気《からげんき》で笑顔を作ると、ドアから一人の人物が入ってくるのが見えた。

「いらっしゃ……」いませ、と言いかけ店の入口を見た楓は、慌てて背筋を伸ばす。

「加賀屋《かがや》さん。お話がありますので、お昼でも一緒に食べませんか？」

エリアマネージャーの荻窪が、陳列棚《ちんれつだな》の弁当を示してそう言った。

休憩時間に入ってから、楓はいつも一人で行っている公園に荻窪を案内した。名物である巨大な亀の遊具の上に並んで腰を下ろし、健康モリモリ弁当の蓋《ふた》を開ける。

「お昼の売り上げ、戻ってきているようですね」

袋から割り箸を取り出しながら、荻窪が淡々とした調子で言った。

「あ、はい！　このお弁当が結構好評で。荻窪さんに言われたように、健康的ってところを全面に出したんです。そしたら、ほんと食いつきがよくて！」

「……なるほど」

楓はふいに、荻窪に顔をじっと見つめられていることに気づいた。

——もしかして、ご飯粒でもついてる？

慌てて自分の頬《ほお》を触ってみたけれど、どうやら違うらしい。

「加賀屋さん、本社で働いてみる気はないですか？」

一瞬、意味がわからなかった。

「……実は、本社の企画部の席に空《あ》きがあるんです」

「そう、なんですか」

「はい。誰か候補がいないかと言われていまして……。あなたを推薦《すいせん》しました」

楓はフリーズした。しかし数秒後に理解が追いつき「え、私!?」と大声を上げる。

「え、な、なな、なんでですか？」

――私なんて、ただハルが唐揚げを好きだから就職しただけだ。限られた店舗数《てんぽすう》とはいえ、他にもっと能力のある人がたくさんいるはずなのに……。

「正直、あなたより優秀な人はゴマンといます」

思っていた通りのことを言われ、楓は少し落胆《らくたん》しつつも笑ってしまった。

「はい。わかっております」

両手を膝にそろえて頭を下げる。

「でも」荻窪は続けた。

「いいと思ったからです。ここ最近のあなたの働いている時の顔が」

「えっ」

「それに、本当にお弁当が……食べることが好きな人に本社で働いてほしいのです」

楓は目頭《めがしら》が熱くなるのを感じた。

――身に余る言葉だ。元はと言えばハルのために入った会社で、そんな風に評価してもらえるなんて思いもしなかった。

就職してから、今日までに起こった数々のハプニングを思い出した。間違えて白菜を大量に発注したり、「いつまで待たせるつもりだ！　急いでんだよ！」とお客様に怒鳴られたり、風邪気味の日に無理して出勤して、ぼーっとして唐揚げを黒焦げにしたり、既婚者のマネージャーに言い寄られたり！　数えだしたらきりがない。

どうして私はミスばっかりなんだろうと、悔《くや》しくて家に帰ってから泣いたこともあった。どんなに落ち込んでも翌朝には笑顔で店頭に出なければならないことが、とてもつらい時期もあった。大変だったけれど、今、それらがすべて報われた気がした。頑張ってよかった。ここで働いていてよかった。心からそう思えたことが、何よりも嬉しかった。

「……まぁ、最近頑張ってはいるかもです。ありがとうございます。嬉しいです」

「そうですか。では、お返事は一週間以内に」

荻窪は軽く頷《うなず》いて言った。

「ちなみに本社は九州ですので、家賃の他に引っ越し補助も出ます」

「きゅ、九州⁉」

ここにきて不意を衝《つ》かれた。目を見開いた楓に、荻窪が呆《あき》れた表情で尋ねる。

「ご存じなかったんですか？　ご自身が働いている会社なのに？」

「す、すみません。……九州か……」

――ハル、なんていうかな。

そう考えた楓は、「ハル？」と荻窪の唇が動いたことに気づいてさらに焦った。

「声に出てました？　ごめんなさい……。ハルは私の幼馴染《おさななじみ》で……その」

「恋人ですか？」

質問されて首を横に振る。

「いえ、ずっと片想いで。でも、諦めようかなと思ってるところなんです。だから……いい機会なんですかね」

荻窪は黙っている。

――私ったら、職場の人にどうしてこんなプライベートな相談をしてるんだろう。

楓は今さら恥ずかしくなってきてしまった。

「……ごめんなさい。こんな話されても困りますよね。いい大人が」

「何が大事かは人それぞれです」

「えっ」

驚いている楓をちらりと横目で見てから、荻窪は再び口を開いた。

「私は正直、生まれてから色恋というものにまったく興味はありませんが……あなたにとって大事なことならば、きちんと天秤《てんびん》にかけて答えを出すべきです」

「なるほど……」

楓は大きく頷く。ここ最近悩んでいたことが、するするとほどけていく気がした。

「かっけぇ～……荻窪さんって……」

　思わず正直な感想を口にすると、荻窪は目を細めて笑った。

「今頃気づきましたか？　……でも、なんでこんな亀の上で？」

　足元を見下ろし、二人が座っている亀の遊具の顔を眺める。

「近所の子どもたちにも人気なんですよ。キモ可愛くないですか？」

「ほう、キモかわ……」

　なるほど、と今度は荻窪が頷く。

　上司の新たな一面を知ることができて、楓は心が弾むのを感じた。

　――やっぱり私は、この仕事が大好きだ。

○

　その夜、楓は伊織《いおり》と美桜《みお》を招集し、転勤について相談することにした。場所はもちろん、いつもの蝶子《ちょうこ》さんのカフェだ。

「まあ、悪い話じゃないいんじゃゃない？」

　楓が一通り話し終えるなり、美桜はそう言った。

「だよね、正直、すごく嬉しかったところもあって」

楓が自分の素直な気持ちを話すと、美桜はにやりと笑う。伊織の肩を小突き「素直に言ってもいいんだぞ？　楓ぇ～行かないでぇ～って」と茶化した。

「俺、そんなこと思ってないよ」

「あ、そうなの？」

意外そうな表情を浮かべる美桜に、伊織は何食わぬ顔で頷いた。

「楓が行くなら俺も引っ越すし」

「あ、そっか」

一度は受け入れかけた楓は、しかし次の瞬間「はぁ⁉」と椅子《いす》から立ち上がった。美桜も口をぽかんと開いている。

「俺の仕事は出張も多いけど、打ち合わせとかは基本リモートだし、在宅でも働けるから」

さらりと言った伊織に、楓は「なんで？」と訊かずにはいられない。

「楓のそばにいる。それが俺にとって大事なことだから」

「私の、そばにいることが……」

どう反応するべきか楓が悩んでいると、伊織が「ごめん」と謝った。

「付き合ってもないのに重いね、今のは」

「うん、ゲロオモ」

美桜がげんなりした口調で言う。

「ううん、そんなことない」楓は首を横に振った。

「でも、私……一度きちんとハルに告白して振られてくる」

「え」

伊織が目を見開く。

「ずっと怖くて逃げてきたことだけど……。でも、ちゃんとハルへの気持ちをまっさらにして、それでちゃんと伊織にお返事するから！」

そう宣言して、楓は決意に満ちた足取りで店を出ていく。

美桜がくくっと笑った。

「これ、あいつら結ばれるパターンか？　伊織ざまぁ」

「うるさい」

眉間《みけん》のあたりにかすかな不機嫌をにじませた伊織は、言葉少なに帰り支度《じたく》を始める。その背中を、美桜はじっと見つめた。

「……伊織。いいのか、これで？」

「いいも何も……。全部、楓次第だから。俺の力だけでどうこうなるなら、とっくにしてるし」

そう言って伊織は支払いを済ませ、店を後にする。

チリンと、ベルが鳴ってドアが閉まった。

「……かぁ、めんどくさいね恋愛って」

残された美桜は一人でぼやいた。

○

合鍵《あいかぎ》を使ってハルの部屋に入った楓は、おそるおそる廊下《ろうか》を進んだ。

「お邪魔しま〜す……って、まだ帰ってないか」

掃除《そうじ》をしに来なくなってから数週間が経つけれど、部屋はあまり散らかっていない。

「……思ったより綺麗《きれい》にしてるじゃん」

それでもところどころ手抜きが見つかり、いつもの癖《くせ》で、つい本や雑貨を並べ直した。

ハルに告白をするにあたって、どんな行動に出るのが一番いいか。たくさん考えた。いっぱい悩んだ。けれど結局、自分らしい方法が一番いいと思えた。返事がダメでも、きっとごちそうには喜んでくれるはずだ。

エプロンをしめて、楓は台所に立った。

いつも店でやっているように鶏肉を切り、衣を付ける。油を火にかける。同時にもう片方のコンロで、フライパンを使ってケチャップライスを作る。

慣れた作業だから、考え事をする隙間《すきま》が頭にある。

――これで告白して、ダメだったら、全部終わりか。

そうしたらもう、ハルのそばにいられないのか。バカな言動に突っ込みを入れることも許されないのか。世話を焼くこともできなくなるのか。

呆れたり、怒ったり、喧嘩《けんか》してばかりだったはずなのに、思い出すのは楽しかったことや嬉しかったことばかりだ。

人見知りだった私と仲良くしてくれたハル。雷が鳴ったら駆けつけてくれるハル。落ち込んでいたら気づいてくれるハル。お母さんを失って悲しんでいた私を慰めてくれたハル。

――告白は怖い。

でも、幼馴染はもう充分だ。

先へ進みたい。この気持ちを伝えたい。

楓はボウルに卵を割り入れ、フライパンでふわふわのオムレツを作った。ケチャップライスの上に、崩さないよう慎重に移動させる。唐揚げとオムライスの、ハル専用定食の完成だ。トレイに載せて、テーブルの上に運ぼうとする。

その時、ドアの外から声が聞こえた。

——ハルが帰ってきたんだ。

楓は玄関まで出迎えるべきか悩んだ。揚げ物をしたせいで手がベタベタしてるから、鍵はハルに自分で開けてもらった方がいいかな？

「俺ん家《ち》、汚いけど。いいの？」

ハルの声がそう言っている。楓はうろたえて耳を澄ませた。

——一人じゃないの？　一緒にいるのは誰？　私の知ってる人？　それとも知らない人？

「青山《あおやま》さん、デスクの上もぐちゃぐちゃでしたもんね～」

その声の主が誰なのか、楓にはすぐにわかってしまった。

ホテルでパンを抱えていたあの可愛い子。ハルに守ってもらったと言っていた、立花さんとかいう女の子だ。

——どうしよう。どうしようどうしようどうしよう。

楓は大急ぎで玄関に駆け寄り、自分の靴《くつ》を手に取った。人がいた痕跡を消すために、電気も消しておく。スイッチ紐の先に謎の餃子《ギョウザ》のストラップがついていたけれど、気にしている場合じゃなかった。唐揚げとオムライスが載ったトレイも一緒に抱え込み、クローゼットの中へ隠れる。

ドアが開く音がした。

「え～、全然綺麗じゃないですか～」

二人分の足音、立花の高くてかわいい声。

「確かに、今日は綺麗だな」

ハルの声もあとに続いた。

――そりゃ、ついさっき私が片づけましたから！

絶体絶命の状況に追い込まれつつも、楓は心の中でそう突っ込まずにはいられない。

クローゼットの扉の隙間から、ハルと立花の姿が見えた。ハルが部屋の中をうろうろと歩き回り、立花はアヒルの子のようにその後ろをついて回っている。

「ちょっと待ってな。貸すって言ってた漫画、確かこのへんに……置いたはずなんだけどな。押し入れか？　こっちか？」

ハルがクローゼットの扉に手をかけた。

――こっちくんな!!

楓は声にならない叫びを上げた。

その時、ガタッと音がしてハルの指が扉から離れた。

――何？

楓がそうっと覗《のぞ》き見ると、立花がハルに抱き着いていた。

「……立花さん？」

「別に本気で漫画、借りに来てません」

「え」

うろたえるハルに構わず、立花はますます腕に力を籠《こ》める。えええええ!?　と、楓もはらはらしてその様子を見ていた。心臓が爆発しそうだ。

「青山さんの彼女……私じゃダメですか？」

「え、あ、いや」

「動揺《どうよう》しちゃって可愛い♡」

立花がくすりと笑う。楓は唇を噛《か》んだ。

――どうしよ、このままじゃハルを取られちゃう！　でも今、急に飛び出すわけにもいかないし。どうしよう。どうしよう。どうしよう……ハルはなんて返事するの？

「……俺、こんな風に女の人に迫られるの初めてで」

「えーっ、そうなんですか？　モテそうなのに」

「いや全然。……だからあの、一旦離してもらっても」

は？　と、楓は声を上げそうになった。ハルあんた、高校の時の彼女にもまあまあ迫られてましたけど？　っていうか、私は二十年間ずっとアプローチしてましたけど？

——あぁ本当に、本っっ当に、ハルは私のことなんか眼中にないんだな……。

「ていうか、私には部屋に男入れんなとか言っといて、自分は入れんのかい!!」

次の瞬間、ハルと立花と目が合っていた。楓は辺りを見回し、自分がクローゼットの扉を内側から開けてしまったことに気づく。

「か、楓!?」

ハルは口をぽかんと開けている。

「やっぱり彼女さんだったんじゃ……」

立花が尋ねた。

「違います」

楓は断言した。ハルに向き直る。

「私、仕事で九州に行くことにした。伊織もついてきてくれるって。だからもう、あなたのオカンはできない。その子とお幸せに」

そう言って、ハルのおなかに突き刺すような勢いで皿がのったトレイを差し出した。

「楓！」

引き止める声に振り返りもせず、楓はそのまま風のような勢いで部屋を飛び出していく。

「ええっと……続き、します？」

呆然《ぼうぜん》としているハルに向かって、立花が問いかけた。ハルは答えず、そのまま床に倒れこむ。

「あのー、青山さーん？」

肩をゆすって呼びかける立花に、ハルはうつぶせになったままスマホを差し出した。指先が震えて、取り落としてしまいそうになる。

「美桜っていう奴に電話を…………。あと、立花さんもついでに話聞いてもらっていいスか……？」

こらえようとしても、嗚咽《おえつ》が漏《も》れてしまった。

「はぁ!?」

立花も混乱していた。それでも渋々スマホを耳に当て、美桜に電話をかけている。蝶子さんのカフェで落ち合うことが決まったらしい。

アパートを出て店にたどり着くまでにハルは徐々に生気を失い、ドアを開ける頃には真っ白な灰と化していた。

美桜と立花は、気の毒なような、呆《あき》れたような疲れたような、何とも言えないおそろいの表情で仮死状態のハルを見つめる。

「なあハル、なんでいちいち私のこと呼び出すわけ？　いったん家に帰ったところでまたここに戻ってきたんですけど、私」

美桜が言うと、ハルは真っ白になった口を開く。

「優しくしろよぉ……。俺、今ちょうちょファウンテンなんだから」

「情緒《じようちよ》不安定な」

「頼む美桜、また俺に餃子のアン的なアドバイスを……。じゃないと俺、灰になって消えちまう」

「消えんなって。すぐそうやって消えようとすんな。ほい、ほい、浄化」

「やめろ。塩投げんな！　しょっぱ……。バカか、美桜」

蚊の鳴くような声でそう言うハルの横で、立花が遠慮《えんりよ》がちに口を開いた。

「あのぉ……完全にポカーンとしちゃってるんですけど……」

「新たな被害者が出てんじゃん！」美桜が天井を仰《あお》いだ。「お気の毒様」

ハルが顔を上げる。

「とにかく、とにかく、俺どうしていいかわからないんだけど!?」

「……すみません」立花が挙手する。

「状況を整理させてもらうとぉ、青山さんは幼馴染《おさななじみ》さんのことがずっと好きってことでいいですか?」

「そう」放心しているハルの代わりに美桜が答える。

「でも気持ちを伝えるのが怖くて、ずっとウジウジして、今に至るってわけ」

「なるほどぉ～…………」

立花はしばし唇に人差し指を当てて考えていたが、突如として表情を一変させた。

「なにそれ、ウッッッッザ」

「へ?」

不意を衝《つ》かれたハルにはおかまいなしで、立花は続ける。

「ちょっと顔がいいから、おいしく頂いちゃおうかな～って思ってたんですけど。そういうめんどくさいの無理です。無理無理無理」

「た、立花さん?」

「ていうか、さっさと告ればいいじゃん」

「ほんとそれ」美桜が同意する。

「でも……。だって、普通どう考えても伊織の方がいいだろ!? 楓もその気になってるし、絶対その方が幸せだろうし……」

「その発言って、ただ逃げてるだけだよね」

すっかり素をさらけ出した立花がバッサリ指摘する。

「そのとお〜り!」

声がした方向に目を向けると、蝶子さんとトメさんがそろってビールの瓶《びん》とグラスを掲《かか》げていた。

「……蝶子さん? トメちゃん? いたの?」

「ハルくんアンタ、何をそんなに怯《おび》えてんの? 幼馴染《おさななじみ》がなにっていうのよ!?」

「蝶子、落ち着いて」

トメさんがたしなめるも、蝶子さんは「だってぇ!」となおも声を上げる。

「なんで、そんな低いハードルが飛び越えられへんのって、話聞いとったら腹が立って、腹が立って!!」

「うーん、まぁわかるよ、変わるのは怖いことだもの。でもねハルくん、人の目ばかり気にしてたら、自分の幸せも逃がすものよ。ね、蝶子」

「トメさんたら……」

蝶子さんとトメさんは情熱的に手を握り合い、うっとりと見つめ合った。

「あ、そこそういう感じなんすか？」

美桜が尋ねる。

「うん。もうかれこれ二十年は一緒やね」

「蝶子は私のミューズなの」

二人が答えると、「え～、素敵。憧れます」と立花が胸の前で両手を合わせた。

「なれそめは？　聞いてもいいっすか？」

美桜が訊くと、「もちろん！」とトメさんは嬉しそうに頷《うなず》いた。

「最初は私の一目惚《ひとめぼ》れでね。それから、どんどん距離を埋めていって、最後はワオ～ン♡ってね」

キャー！　と盛り上がる女性陣の片隅で、ハルが小さく挙手する。

「……ちょ、あの、俺の相談は」

「ええから黙って飲め！」

ドン、と蝶子さんがビールの瓶を勢いよくテーブルに置く。

「人に求めてないで、自分で答えは出すんやで」

強く言い聞かせられ、ハルは気圧《けお》されて頷いた。瓶の中身をグラスに注ぐ。賑やかな店内で一人、黙ってグラスの中で立ち上る細かな泡《あわ》を見つめていると、強力な催眠術《さいみんじゅつ》にかかるかのようにハルの世界は深く沈んでいく。

——楓。怒って、悲しんで、出ていってしまった楓。

再びこみあげてきた悲しみに身を任せ、ハルは思い切ってビールをぐっとあおった。

飲み進めるにつれ、周囲の声が徐々に遠ざかっていく。

「え〜、これ若い頃の二人ですか？」

「そう」

「綺麗《きれい》〜！」

「蝶子は誰よりも美しくて、今も全く変わらない」

「トメさんったら……」

まだ足りない。考えて答えを出さなきゃいけないのはわかってる。でも足りない。飲まないと、悲しくてたまらない。

——楓。行かないで、楓。

「てか美桜さん、あんな二人の恋愛相談ず〜っと聞いてて偉いですね」

「まぁ面白いからね、それにああいう初々《ういうい》しい恋愛もいいかなって……全然思わないんだけど」

——足りない。まだ足りない。

「わっかる〜！　大人の恋って最高じゃないですか〜」

「そうなんだよ〜。やっぱいいよね〜」

楓。楓が足りない。

楓……。

ハッと気づいたときには、窓の外が太陽の光で明るくなっていた。背後のテーブル席では美桜と立花が突っ伏して眠り、カウンターでは蝶子さんとトメさんが何やら寝言で愛をささやき合っている。店の空気はひどく酒臭《さけくさ》かったが、うっと顔をしかめた自分の息が一番きつかった。

「……帰るか」

ふらつく足で、ハルはよろよろと立ち上がる。平衡感覚はままならないけれど、行くべき場所、そして会うべき相手はきちんと理解していた。

アパートに到着し、自分の部屋のドアを開ける。当然のことながら楓はそこにいなかった。テーブルの上に、突き出された時のままでトレイが置いてあるだけだった。

もうすっかり冷めてしまった、ふっくらしたオムライスと、こんがり揚がった唐揚げの皿を見つめる。

「俺の好物ばっかじゃん」

思わず呟《つぶや》くと、いいから早く食べなさい、と返してくれる人がいないことが余計に寂しくなった。

電子レンジで温め直し、一人で椅子《いす》に腰を下ろしてもそもそと食べ始める。

「……うまっ」

唐揚げは手づかみが一番おいしい。実家にいた頃は行儀《ぎょうぎ》が悪いといって本物のオカンに怒られたけれど、これぱっかりはやめられなかった。小さい頃、初めてこの食べ方を見た楓は驚いていたが、今では同じように箸《はし》を使わずに食べている。俺の癖《くせ》が移ったのだ。それくらい長い間一緒にいたんだなと、また胸が苦しくなった。

クローゼットから飛び出してきた楓の姿を思い出した。目に涙を浮かべ、顔を真っ赤にしていた姿を。

気づけば、皿は空《から》になっていた。

ハルはアパートの廊下《ろうか》に転がり出た。隣の部屋のインターホンを連打する。

「楓！　楓！　俺、ハル！」

返事はない。

「唐揚げめっちゃうまかった、ありがとう！」

返事はない。

「昨日のこと、誤解だから！　立花さんとはなんもなくて……。俺ら、ちゃんと話そうっていうか言いたいことがあるっていうか。あと昨日、楓泣いてたよな。俺、ホントうんこだった！　うんこすぎてごめん！」

カチリ、とドアのカギを開ける音がした。ハルは息をつめて待ち構える。

開いたのは、一つ隣の部屋のドアだった。

「朝からそういうこと叫ばないでもらえます？」

「あ……すみません」

住人の男が姿を見せる。

「そこの人、朝早く出て行きましたよ」

ランニングウェアを着た男は、黄色いレンズのサングラスをかけながら言った。

「へ？　出てったって……」

「でっかい荷物持って、なんかバカでかい声で電話しながら。九州がどうのって。騒がしかったなー……」

首を傾《かし》げながらそう呟き、彼は朝のランニングに出かけていった。

ハルは立ち尽くす。

「……九州⁉」

——行くって、こんなに急に⁉

○

一方の楓は、空港のロビーにて、伊織と向かい合って立っていた。

「ごめん、こんな朝早くに」

ダメもとで電話をしてみたはいいものの、普段から忙しい伊織が、まさか直接会いに来てくれるとは思わなかった。

「大丈夫。でも驚いた。昨日の今日で九州行くって」

「うん」

楓は頷く。自分でも自分の行動力に驚いていたけれど、不思議と心は揺らいではいなかった。

「とりあえず一回、話だけ聞きに行こうかなって」

「俺も行けたらよかったんだけど」

伊織は軽く頭の後ろを掻《か》き、ためらいながらも楓の目を覗《のぞ》き込んだ。

「昨日、ハルと話せた？」

楓は目をそらして唇を噛《か》む。

「……話せてない。けど……。やっと決まったの。自分がどうしたいのか」

伊織がかすかに眉《まゆ》を上げる。「うん」と、覚悟を決めた顔で静かに続きを促した。

「……私、伊織とは付き合えない。やっぱり、まだハルのことが好き」

「うん」

伊織は穏やかに微笑《ほほえ》んでいる。それでも傷ついているのだろう。

——私、今この人を傷つけてる。

罪悪感のあまり、楓は目を伏せようとした。けれどそれでは、きちんと思っていることを伝えられない。

意を決して、再び伊織の顔を見上げた。

声が震えないように、心を落ち着かせてから話す。

「忘れたいのに、家のどこを見ても全部あいつとの思い出だらけで……。九州のこと調べてるときも、あ、これハルが好きそうだなとか、ハルと一緒に行きたいなとか、考えて」

「わかってる。そういう部分も含めて、俺は楓を」

これ以上言わせるわけにはいかない。楓は小さく手を上げて伊織を遮《さえぎ》った。

「私も考えたよ。伊織となら忘れられるかもって……。でも、ダメなの」

どうして、と音もなく目の前の唇が動く。

食い下がる伊織を、楓は生まれて初めて見た。

——私はずっと、この人のすべてを知っているつもりだった。

伊織は頭がよくて、物分かりもよくて、いつもクールだ。だから完璧《かんぺき》な人間だと思っていた。

けれど違ったのだ。

——伊織にとっての、理解しても受け入れられない、手に入れられなくても諦められない唯一のもの。それが私だなんて、この人は一体、どれほど深く私のことを好いてくれているんだろう。そして私は、こんなに素敵な人のことを振ってしまっている。

楓は軽く息を吸った。

「隣に住んでるから、まだ告白してないから、時々優しいから……とか、結局、いっつも諦めない理由を探してるんだ、私……。だから、ごめんなさい」

「……俺じゃ力不足だった？」

「違うよ」

　否定すると、泣いてしまいそうになった。

「全部力不足なのは私。全部、悪いのは私。なんも努力しないで逃げてたのは私。もっと早くに返事をするべきだった……」

　ハルのことを吹っ切りたいと思った時、伊織に好かれていることがわかって嬉しかった。けれど、ハルを諦めたことによってできた心の空洞《くうどう》を、ちょうどそばにいた伊織で埋めることはできなかった。

　だってそれって、人の好意を利用しているってことだ。大切な幼馴染《おさななじみ》に、不誠実なことはしたくない。

「ごめんなさい、伊織……」

　楓が頭を下げると、短い沈黙が流れた。

「いや、後悔《こうかい》はないよ」

　穏やかな声に、楓は顔を上げる。

「俺も全力でぶつかったから」

　小さな子どもに語りかけるような優しい声でそう言って、伊織は握手を求めてきた。

「ありがとう」

楓はその手を握り返した。

——たとえ今後の関係がどうなろうと、私もハルに全力でぶつかりたい。伊織が私にしてくれたみたいに、まっすぐ目を見て、ちゃんと伝えたい。

伊織と別れ、搭乗口《とうじょうぐち》へ向かいながら楓は自分に言い聞かせる。

——ちゃんとしよう。ちゃんと仕事をして、ちゃんと生活して、ちゃんと大人になって。

そして、ちゃんと誰かと恋をして…………。

とにかく、全部ちゃんとしよう。

飛行機の席につき、少しだけ肩の力を抜いた。

——そうしたら私は、好きな人から離れられるかな。

「あ、座席……オレの座席……ここか」

よく知っている声が聞こえた。

楓は一瞬びっくりして、でもすぐに落ち着きを取り戻す。

——あいつがこんなところにいるはずがない。声が似てるだけの別人だって……。

それでも、確かめずにはいられなかった。

首をひねり、同じ列の席に目を向ける。

「よぉ」

「な、な、な……なんで!?」

そこには、なぜか汗だくで息を切らしたハルが座っていた。

ep.8

さかのぼること数時間前、ハルは空港を目指して一人きりの全力マラソンを繰り広げていた。

足を踏み出すたびに息が苦しくなる。地面を蹴《け》る力が弱くなる。

「楓《かえで》がっ！　九州……行く前に！　ちゃんと、話さないと……ダメな気がする！」

空港のビルが見えてきた。もう少しだ、とハルは脚に力を籠《こ》める。

——でもでもでも、一体、何を話すんだ？　やっぱり告白するしかないのか？

例えば、空港のロビーでフラッシュモブのサプライズを仕掛けるのはどうだろう。

「ちょっと来て」

そう言って飛行機から楓を連れ出し、良きところで「ミュージックスタート！」と叫ぶ。

俺は早着替えでスパンコールがギラギラの白タキシードに身を包み、髪型もアイドルみたいにビシッと決める。スーツケースを引いて行きかう人たちがサッと割れて、右側からは清掃員と土産物屋《みやげものや》のおばちゃんが、左側からはパイロットとCAさんが飛び出して、通行人も参加して総勢百人くらいでキレッキレに踊りまくる。途中からはクジャクやゾウなんかも登場しちゃって、ミラーボールが回り紙吹雪《かみふぶき》が舞い、窓の外にはハート形の飛行機雲が漂う。曲がクライマックスになったら、俺はひざまずく。そんで言う。

「俺と！　付き合ってください!!!!」

――あぁダメダメ！

無理だ、絶対、無理だ。今からフラッシュモブはできない。それくらいの派手さは欲しいところだけど、あいにくダンスなんか練習する時間もモブを用意する時間もない。

バカげた妄想をやめ、ハルは止まっていた足を再び前へ進める。

フラッシュモブがダメなら、他に何ができる？

「そうだ、指輪を買う？」

――いやいや、そんな金ねぇし。

「なら歌を作って……」

――いや俺、作詞作曲とかできねぇし!!

こうなったら、もうありのままの気持ちを伝えるしかない。

「うおおお、当たって挫《くじ》けろだぁ～!!!!」

ブーッ、残念！

×当たって挫けろ
○当たって砕けろ

そうしてハルは走って、走って、どうにか楓と同じ飛行機に乗り込んだのだった。

○

『皆様、おはようございます。ＯＣＡＬ福岡行き２９９便でございます』

機内アナウンスが流れる中、「よお」とハルは息を切らしながら笑いかける。

楓は驚きと怯《おび》えが入り混じった表情をしていた。

「な、な、なんで!?　ハル、なんでいんの？　怖いんだけど」

どうどう、とハルは手でなだめる。

「……楓が、九州に行くって聞いて」

「てか、なんで隣に？　席、わかったの？」

「楓の好きな数字とか考えて、これかなって適当に。一個違ったけどな。惜しかった」

そう言って、ハルは二人の間に一つだけ空いた席を示す。三つの席が横並びになっているうち、それぞれ両端のチケットを楓とハルは取っていた。

「えぇー、怖い……」

「怖くねぇし！　聞けよ。どうしても今言っておきたいことがあって、追ってきた」

楓はいよいよパニックに陥《おちい》っている。「いや、なに怖い怖い」と、席を立とうとして腰を浮かせた。

「待てって！」

ハルは慌てて引き止める。

「……俺、ずっと黙ってたけど」

覚悟を決めて切り出すと、楓の細い喉《のど》がこくりと動いた。

――そっか。楓だって緊張してるんだよな……。

ハルは拳を握って震えを押し殺した。

その時、電話の音が鳴り響いた。楓の鞄《かばん》の中からだ。

「電源切っとけよ!!」

バクバク鳴る心臓を押さえるハルに「うっさいなぁ！」と言い返しつつ、楓はスマホに目を向ける。

「え、荻窪《おぎくぼ》さん？」

そのまま、画面を耳に当てた。

「はい、もしもし……。はい。え？　は⁉」

突然に大声を上げ、楓は座席から立ち上がる。ハルはびくっと首をすくめた。

「……はい、わかりました……。はい」

通話を終えた楓は、すとんとまた腰を下ろした。みるみるうちに、顔が青ざめていく。

「……ど、どうした？」

ハルがおそるおそる尋ねると、楓は消え入りそうな声で答えた。

「……会社、潰れたって」

「は？」

「本社から今連絡あったらしくて…………。私、無職になっちゃった」

瞳から光が失われていく。ハルは慌てて楓の顔の前で手を振った。

「おーい、大丈夫か？　えっと……。おそろいだな、俺ら！」

励《はげ》ましたつもりだった。同じ無職同士、頑張ろうぜ的な？

しかし、ハルを見つめた楓の目には大粒の涙が溜まっていた。一粒、また一粒と頰《ほお》を伝って零《こぼ》れ落ちていく。

やがて楓は声を上げて泣き始めた。

「バカ、泣くなって!!」

『当機はまもなく離陸いたします。シートベルトをしっかりとお締めください』

機内にアナウンスが響き渡った。二人がなすすべもなく、座席は振動し、飛行機は離陸し始める。体の中で胃がふわりと浮き上がり、床が傾くのを感じた。

ぐすんぐすんと泣く楓の横で、ハルは「これ、もらってきたから」と、航空会社のロゴが入ったウェットティッシュを差し出した。楓は受け取り「も〜、なんもうまくいかない」と、盛大な音を立てて鼻をかむ。

「泣くなって！」

ハルはとりあえずそう言ってみた。もう何回この言葉を繰り返したかわからない。

飛行機の床が水平になっても、楓は涙を流し続けた。

「結局、いつまでもちゃんとした大人になれない……。なんもうまくいかない」

「そんなことないって」

「あるの！」

楓はウェットティッシュから顔を上げた。そのあまりに必死な形相《ぎょうそう》にハルはひるんだ。

「仕事もダメだし、特に夢とか目標もないし……。それに、いつまでもハルのこと好きでバカみたいだし。もうヤだ」

「え⁉」

ハルは身を乗り出した。耳に飛び込んできた言葉の意味をよく考え、顔を覗《のぞ》き込む。楓は昔から嘘をつくと顎《あご》がしゃくれる癖《くせ》があるけれど、今は特にしゃくれてはいなかった。

「……待って？　俺、よくわかんないんだけど」

「何？」

楓は混乱している様子だ。ここは簡潔にいくべきだなとハルは確信した。

「え、もしかして……お前、俺のこと好きなの？」

「気づいてなかったの⁉」

楓は、信じられないとでも言いたげな顔をした。息を深く吸っては吐き、また吸ってを繰り返している。

「……え……？　嘘だろ……？」

ハルは自分の額に手を当てた。

――そんなの、俺だって信じらんねえ。

「早く言えよぉ!!」

「ずっと察して感出してたわ！」

楓はまたウェットティッシュの束に顔をうずめる。その耳が瞬く間に赤くなっていくことにハルは気づいた。可愛いなとまず初めに思い、両想いなんだという実感が後から伴《ともな》う。笑いがこみあげてきた。

「んなの、わかるわけねぇだろ！　俺バカだぞ!?」

「そんなことエバるな！」

楓も泣き笑いしている。

「……え、どうしよ……。めっちゃ嬉しいんだけど」

ハルは座席から立ち上がった。ついについに、ずっと言おうと思っていたことを言うべき時が来たのだ。これ以上の機会はなかった。

「なに、トイレ?」

楓が怪訝《けげん》そうな目で見上げてくる。察しが悪いのはどっちだよ……と思いながら、ハルはおなかの底から声を出した。

「ちゃんとなんてしなくていい！」

「……はい?」

楓が目を瞬く。

「俺と楓なら、いける」

「どこに？」

楓はまだ不可解そうだ。

「俺らなら幼馴染で、ちゃんとしてない大人同士で、恋人で……。そんな、〝おとななじみ〟になれる。絶対幸せになれる!!」

乗客の視線が、自分ただ一人に集中しているのがわかる。構わない。どんなに注目されてもいい。俺はバカだ。人の十倍、いや百倍はかっこ悪いことをしてきた。でもそんな俺だって、告白ぐらいはかっこよくキメたい。好きな子の前でくらい、素敵な自分でいたい。

——今だけはせめて、完璧《かんぺき》なナイト兼王子でいさせてくれ！

どうですかと目を向けると、楓はぽかんとしたまま沈黙していた。

「……告白の返事は？」

「え、今の告白なの⁉」

「楓も鈍すぎだろ⁉」

やっぱ俺はダメだな……と落胆《らくたん》し、でもそんな俺のことを楓は好きになってくれたんだよな！　と思うと、不思議とまた力がみなぎってくるのを感じた。

楓は両手で口元を覆《おお》っている。

「だってわかんないよ！　だってハルだもん。意味わからないこと言うでしょ⁉」

確かに、と納得してしまったことがハルは悔《くや》しく、そして嬉しかった。「んんん」と、どう伝えるべきか考えてみる。

「わかった！　じゃあ」

ハルは間のひじ掛けを上げ、シートの上で楓の前に膝をつき、手を握った。何度も遊びに連れ出した手、何度も世話を焼いてもらった手だ。この世の何よりも愛《いと》おしかった。

「楓、大好きだ！　付き合ってください」

楓が息を呑んだ。始めは驚きしかなかったその顔に、ゆっくりと、花が開くように笑みが広がっていく。

「はいっ」

涙がまたこぼれた。ハルが感極まって楓を抱きしめると、客席からワッと拍手の音が湧き起こった。

「楓、大好きだ！」

「私も大好きだもん。ずっと待ってたんだもん」

「ごめんな！　待たせたな楓！」

『おめでとうございます。皆様、大きな拍手を！』

機内アナウンスがそう告げる。

いつまでも鳴りやまない拍手の中で「ありがとうございます。どうも、ありがとうございます！　僕たち付き合いました！」と、ハルは笑顔で楓を抱きしめ続けた。

○

「楓、ウケるよな」

美桜《みお》がストローをくわえる間際に言った。

「九州行ったと思ったら、無職になってハルと付き合って帰ってきてさ」

「でも凄《すご》いよ。すぐに次の職場も見つけて」

伊織《いおり》は呟《つぶや》き、コーヒーカップに口をつける。まだ少し寂しげだったが、それでも表情はいつも通りの様子を保っていた。

勤め先の会社が潰れた楓は、荻窪が個人で立ち上げた弁当屋『Ｏｇｉｓｓｏ』のスタッフ第一号として採用されたらしい。数日前に冷やかしに行った伊織と美桜は、笑顔を取り戻した楓が、真新しいエプロンをしてお弁当を並べているのを目にした。

「雇ってもらってありがとうございます、荻窪店長」

「あら、店長って……。こちらこそ、よろしくお願いします」

「日本イチのお弁当屋さんを目指しましょうね!!」

「ちょっと気が早い……。いらっしゃいませ、日本イチのお弁当屋さんになります。……どうしましょう、恥ずかしくて言えない」

「店長ったら！」

楽しそうに働いていた楓の姿を思い出し、伊織は小さく笑った。

「まぁハルも、トメさんのおかげでバイトから正社員になれたみたいだしね」

美桜がカウンター席にいるトメさんに目配せする。

「私のおかげじゃないから。ハルくんの力よ」

「もう、トメさん優しい～」

蝶子《ちょうこ》さんが感嘆《かんたん》の声を上げる。美桜はインナーカラーをピンク色に染め直した髪を、さっと肩の後ろへ払った。伊織の方に顔を向ける。

「で、どうだ？　失恋の傷は癒《い》えたか？」

「……まぁ」伊織は静かにコーヒーを啜《すす》った。

「まだチャンスはあるだろうし」

「諦めわりぃな！」

美桜が言うと、「冗談だよ」と伊織は小さく笑った。

「でもよかったよ。美桜がいてくれて」

思いがけない台詞《せりふ》に、美桜は息を呑《の》む。胸に手を当て、己に問うた。

――あれ、今、私……。

「……キュン、ってした？」

「ん？　どうした美桜」

「いやいやいやいやいや!!」

こいつ大丈夫か……と心配そうな表情を浮かべる伊織を前に、美桜は必死で首を横に振る。

――キュンとなんかしてない、キュンとなんかしてない！　そうとも！　こんっっな元帰国デブなんかに、私がキュンとするわけないだろ……？

○

ハルの部屋で、楓は夕食を作っていた。

――ハルの幼馴染から、ハルのオカンになった私は、今、ハルの恋人になった。

隣には、危なっかしい手つきでキュウリを切るハルがいる。

「楓、知ってるか？　こうやって包丁を持ってない方の手を曲げて猫みたいにするとな、危なくないらしいぞ！」

「へえー？」

「ちょっと見てろよ」

がっしり包丁を握ったハルは、じゃばら状に切れたキュウリから目を離して恋人に視線を向けた。

──楓の幼馴染から、楓のナイトになった俺は、今、楓の王子様になった。

二人で作った夕飯を、二人で食卓に並べた。「いただきます」と、二人で手を合わせて食べ始めた。

「ん～！　やっぱ唐揚げ、最高だな！」

「キュウリも美味《おい》しいよ」

「まじ？　うま！　あー、ご飯秒でなくなったわ」

「よく食べるね～」

席を立ったハルは、楓に背を向けてそわそわしていた。白米をよそった茶碗《ちゃわん》を炊飯器《すいはんき》の脇に置き、服のポケットを探る。昨日買ったばかりのプロポーズ用の指輪は、白く小さな箱に収まって、今、手のひらの中にある。

「今か……？　いや、でも、ロマンティックさも必要だし」

「ハル～、冷蔵庫の塩辛《しおから》取って～」

呼ばれてつい飛び上がった。今の独り言、まさか聞かれてないだろうな。どうにか普段通りの声を取り繕《つくろ》い「おう」と返事をした。

ダイニングテーブルへ向かいながら考える。

俺達は〝おとななじみ〟。そして〝おとななじみ〟から、やがて夫婦になる。

——でも、それはまた少し先のお話……。

今までの年月のことを思うと、手に持った器《うつわ》を取り落しそうになった。慌ててテーブルの上に置き、溢《あふ》れてくる記憶の渦《うず》に抗《あらが》う。

母親の影に隠れていた小さな楓。人前どころか、一人の時も涙をこらえていた楓。マネージャーとしてサッカー部を支えてくれた楓。俺の好きなオムライスと唐揚げを作って待ってくれていた楓。かっこ悪い告白にも「はい」と頷《うなず》いてくれた楓。

じっと見つめると、その瞳に自分が映った。顔を近づけ、唇を寄せる。

「え、いま塩辛食べちゃったんだけど!?」

「うっせぇ、いいから！」

勢いのまま、両肩に手をかけてキスした。

「え、しょっぱ！」

「だからやめてって言ったじゃん！」

楓は顔を赤らめた。至近距離からそれを見て、ハルは思わず笑う。俺の彼女は本当に可愛い。

「ワオ〜ン！」

ふざけて押し倒すと、楓は小さく息を呑んだ。

「やめてってば」

「ホントにやめていいのか？」

「………ダメ」

「んだ今の、可愛いな」

心の声が外に漏《も》れていた。

「いいから早く!!」

急《せ》かされてもう一度キスした。楓がくすくす口元を震わせ始める。つられてハルも噴き出すと、笑い声が重なり合って響いた。

※この作品はフィクションです。実在の人物・団体・事件などにはいっさい関係ありません。

集英社オレンジ文庫をお買い上げいただき、ありがとうございます。
ご意見・ご感想をお待ちしております。

● あて先
〒101-8050　東京都千代田区一ツ橋2-5-10
集英社オレンジ文庫編集部 気付
泉　サリ先生／中原アヤ先生

映画ノベライズ
おとななじみ

集英社
オレンジ文庫

2023年4月24日　第1刷発行

著　者　泉　サリ
原　作　中原アヤ
脚　本　吉田恵里香
発行者　今井孝昭
発行所　株式会社集英社
〒101-8050東京都千代田区一ツ橋2-5-10
電話【編集部】03-3230-6352
【読者係】03-3230-6080
【販売部】03-3230-6393（書店専用）
印刷所　図書印刷株式会社

ISBN 978-4-08-680500-1 C0193